揭秘一生

的 中药故事

胡罡 主编

黄河出版传媒集团
阳光出版社

图书在版编目（CIP）数据

揭秘一生的中药故事 / 胡罡主编 .-- 银川：阳光
出版社 ,2016.6（2022.05重印）
　（校园故事会）
　ISBN 978-7-5525-2665-3

　Ⅰ.①揭… Ⅱ.①胡… Ⅲ.①故事 – 作品集 – 中国
Ⅳ.① I247.8

中国版本图书馆 CIP 数据核字 (2016) 第 143387 号

校园故事会　揭秘一生的中药故事　　　　胡罡　主编

责任编辑　金小燕
封面设计　华文书海
责任印制　岳建宁

黄河出版传媒集团
阳光出版社　出版发行

地　　址	宁夏银川市北京东路139号出版大厦 （750001）
网　　址	http://www.ygchbs.com
网上书店	http://shop129132959.taobao.com
电子信箱	yangguangchubanshe@163.com
邮购电话	0951-5047283
经　　销	全国新华书店
印刷装订	天津兴湘印务有限公司
印刷委托书号	（宁）0020140

开　　本	710 mm×1000 mm　1/16
印　　张	7.25
字　　数	90千字
版　　次	2016年9月第1版
印　　次	2022年5月第2次印刷
书　　号	ISBN 978-7-5525-2665-3
定　　价	30.00元

前　言

我们在故事的摇篮里长大,故事就像一个最最忠实的好朋友,时时刻刻陪伴在我们身边。它把勇敢和智慧传递给我们,也把快乐、爱与美注入我们的心田。

《校园故事会》系列所选用的故事内容丰富、主人公形象生动活泼,而其寓意也非常深刻,会让你在愉快的阅读中了解到什么是美,什么是丑,什么是善,什么是恶,什么是直,什么是曲。我们相信,这些故事一定会使广大学生受益匪浅。真诚地希望本系列丛书能成为家长教育孩子的好助手,学生成长的好伙伴!

本系列丛书内容包括亲情、哲理、处世、智慧等故事,会使你在阅读中收获真知与感动,在品味中得到启迪与智慧。可以说,它们是父母送给孩子的心灵鸡汤,自己送给自己的最好礼物,同学送给同学的智慧锦囊,老师送给学生的精神读本。

总而言之,这是一套值得您精读,值得您收藏,更值得您向他人推荐的好书。因为课本上的道理是一条条教给您的,而这套书中的"故事"所蕴含的大道理、大智慧是要您自己揣摩的。

本系列图书在编写过程中不免会有瑕疵,望广大读者批评指正,我们会虚心接受,坚决改正。

编　者

目　录

人　参 ……………………………………………… 1

三　七 ……………………………………………… 4

大　黄 ……………………………………………… 6

云南白药 …………………………………………… 9

车前草 ……………………………………………… 13

甘　草 ……………………………………………… 15

白　前 ……………………………………………… 17

当　归 ……………………………………………… 20

何首乌 ……………………………………………… 22

吴茱萸 ……………………………………………… 25

芦　根 ……………………………………………… 28

辛　夷 ……………………………………………… 30

连　翘 ……………………………………………… 32

佩兰·霍香 ………………………………………… 34

金钱草 ……………………………………………… 37

金银花 ……………………………………………… 39

威灵仙 ……………………………………………… 41

茵　陈 ……………………………………………… 44

夏枯草 ……………………………………………… 47

柴　胡 ……………………………………………… 50

桑寄生 ……………………………………………… 53

益母草 ……………………………………………… 56

续　断 ……………………………………………… 60

绿　苔 ……………………………………………… 63

菟丝子 ……………………………………………… 65

蛇床子 ……………………………………………… 68

野马追 ……………………………………………… 71

麻沸散 ……………………………………………… 73

紫　苏 ……………………………………………… 76

葛　根 ……………………………………………… 80

蒲公英 ……………………………………………… 83

藜　芦 ……………………………………………… 86

马　勃 ……………………………………………… 88

乌鸡白凤丸 ………………………………………… 90

六神丸 ……………………………………………… 93

望月沙、夜明沙、蚕沙 …………………………… 96

铜绿膏 ……………………………………………… 99

阿　胶 ……………………………………………… 101

乌风蛇 ……………………………………………… 104

海　马 ……………………………………………… 106

人 参

人参，又名"人葠"，俗称"棒槌"，属五加科多年生草本植物，为驰名中外的珍贵药材，被人们称为"百草之王"，是闻名遐迩的"东北三宝"（人参、貂皮、鹿茸角）之一，中国一类保护植物。由于人参根部肥大，形若纺锤，常有分叉，全貌颇似人的头、手、足和四肢，故而得名。

古代，它有许多别名、雅号，如：神草、王精、地精、黄精、血参、人衔、人微等。人们所说的"百草之王"是从满语中翻译过来的。

在中国医药史上，使用人参的历史十分久远。早在战国时代，良医扁鹊对人参药性和疗效已有了解；秦汉时代的《神农本草经》将其列为药中上品；汉代名医张仲景的《伤寒论》中共有113方，用人参者即多达21方；相传明代李时珍之父李言闻曾有《月池人参传》专著。

关于人参的发现还有一个故事哩。

从前，有兄弟俩在深秋还要上山打猎。老人们劝他俩说："现在已是深秋，马上就入冬了，山里的气候说变就变。要是让暴风雪把山封住，你们就出不了山啦！"

俗话说"初生牛犊不怕虎"，兄弟俩根本听不进老人的话。他们带上弓箭、皮衣和干粮,上山去了。

一连几天,天气晴好,他们打到了许多野兽。有一天下午,突然狂风大作,雪片纷飞。大雪一直下了两天两夜,把山路全覆盖了。兄弟二人没法出山,只好找了个树木茂密的山窝躲避,等风雪过去再说。

山窝里长着几棵数十丈高的大树,树干非常粗大。他俩四处观察,看到其中有一棵早已经枯死了,树心枯烂出了一个洞。于是哥俩就把树心掏干净,掏成一个很大的树洞。他们在里边架起一堆柴火,一边烧烤獐狍鹿兔,一边烤火取暖。兄弟二人就暂时在这儿住下了。天晴时两人就又出去打猎。为了节省吃食,他们又在四周挖些草根当粮食。

一天,他们发现了一种手指粗的藤秸,挖出来一看,根有胳膊粗,形状像人,放进嘴里一尝,甜津津的。两人就挖了很多,堆满半个树洞。吃了这种东西,他们感到浑身更有力气了。

有一回多吃了些,鼻子直冒血。从此以后,他们不敢多吃,每天只吃一点儿。

就这样,兄弟俩在这深山的树洞里,打猎,挖草根,一待就是一冬天。直到第二年开春,风停雪化,天气暖和了,两个人才满载着猎物下山回家。

村子里的人见哥儿俩这么久也没回来,都以为这哥儿俩不是冻死也得饿死在深山里。一见他们又白又胖地回来了,都很奇怪。弟兄俩拿出好像长着胳膊和腿似的草根给大家看。大伙从来没见过这东西,都说它长得像人。

后来,传来传去,就把这种东西叫成了"人参"。

智识库

　　人参，五加科。多年生草本，高 30～60 厘米。肉质根呈圆柱形或纺锤形，顶端有根茎，下端常分叉。掌状复叶轮生。伞形花序单个顶生。果实扁球形，鲜红色。花期 6—7 月，果期 7—9 月。喜冷凉湿润气候和斜射光及漫射光。

　　人参是根，味甘、微苦、性温，具有调气养血、安神益智、生津止咳、滋补强身之功效，被誉为"百草之王"。主要含 10 多种人参皂苷，以及人参快醇、β—榄香烯、糖类、多种氨基酸和维生素等。人参又分为园参（栽培）和野山（野生）参，园参的药效远不及野山参。

揭秘一生的中药故事

揭秘一生的中药故事

三七

在我国西南边陲壮族、苗族地区的深山密林中,生长着一种神草。关于这种神草,千百年来一直传诵着许多神奇的故事:猎手不慎坠崖骨折,他将一种野草嚼烂敷于出血处,伤口就如漆粘物一样被粘住了,出血停止,猎人居然能挂着猎枪步行回家;石匠砸伤脚掌,疼痛难忍,将神草捣烂包扎于伤处,马上止血止痛;产妇血崩,生命垂危,一把神草将其从死神手中夺回。苗族的祖先将这种神草叫作"山漆",其神奇的功效在民间代代相传,因"山漆"与"三七"谐音,在流传中便被记作"三七"。早在明代,著名医药学家李时珍所著《本草纲目》已有关于三七的记载。在清代《本草纲目拾遗》一书中也有"人参补气第一、三七补血第一"的记载。驰名中外的"云南白药"就是以三七为重要原料的。

关于三七,还有这样一个传说:

很久以前,一个叫张二的青年,患病口鼻出血不止,虽经多方医治毫无效果。一天,一位姓田的医生路过,他将一种草药的根研磨成粉给张二服下,一会儿,血竟然止住了。张二一家非常感激,让医生留下了这种神奇草药的种子。

一年后,张二家的草药长得非常茂盛。恰巧,知府大人的独生女患了出血症,多方治疗不见好转,无奈只好贴出告示:能治好女儿病者,招其为婿。张二听说后带上自种的草药,研成末给小姐服下。谁知不到一个时辰,小姐竟死了。知府大怒,命人将张二捆起严刑拷打,他被逼讲出实情。知府大人即令捉拿了田医生,并将其定为"谋害杀人"罪。临刑之日,田医生万般无奈,只好向亲自监斩的知府大人解释说:"此草药对各种血症都有疗效,但须长到三至七年才有效。张二所用之药,仅长满一年,本无药性,当然救不了小姐。"说罢,他从差役手中要过利刀,在自己大腿上划一刀,鲜血直流,他从自己的药袋中取出药粉,内服外敷,即刻便血止痂结,在场的人惊讶不已,知府大人后悔不已,只好放了田医生。人们为了记住这一惨痛教训,就把这种药定为"三七",表示必须生长到3~7年才有用。因为此药为田医生所传,故在我国的一些地方,三七也被称作"田七"。

智识库

三七,五加科植物,又名田七、金不换。因三七常在春冬两季采挖,又分为"春七"和"冬七"。三七是名贵的中药材,根、花入药,有散瘀止血、消肿止痛作用,药用过量可致中毒。近年,三七用于治疗冠心病疗效明显,并具有强心、活血,促进血液循环,使冠状动脉流量明显增加等作用,是预防和治疗心血管方面疾病的保健药品。

大　黄

大黄具有泻下攻积,清热泻火,解毒止血,活血化淤,清利湿热的功能。广泛用于治疗大便秘结、痈肿、疔疮、目赤肿痛、痄腮、喉痹、牙龈肿痛、血热妄行引起的各种出血、淤血经闭、产后腹痛、跌打损伤、湿热泄痢、黄疸、水肿、中风痰迷等等,有荡涤胃肠,推陈致新,安和五脏之功。大黄在我国传统医学中应用已久,始载于我国现存最早的药学专著《神农本草经》,因其色黄,故名。历代本草均有收载:《千金方》称大黄为锦文大黄;《吴普本草》称大黄为黄良、火参、肤如;李当之《药录》称其为将军;而《中药材手册》则称之为川军。

中草药里的大黄,原来不叫大黄,叫"黄根"。为什么后来叫成大黄了呢?有这么一段故事。

从前,有个姓黄的郎中,他家祖传下来擅长挖黄连、黄芪、黄精、黄芩、黄根这五味药草,到他这一辈还专门用五味黄药给人治病,所以大伙儿都管他叫"五黄先生"。

每到春三月时,五黄先生就进山采药。靠山有个小村,他每次进山采药时就借住在村民马骏家中,直到秋后才离去。马骏务农,全家只有夫妻二人和一个孩子。五黄先生与马家结下了深厚的交情。

有一年,五黄先生又来挖药,他走到那个山村发现马家的房屋没有了。乡亲们告诉他说马家去年冬天遭遇了一场大火,房屋被烧光,他媳妇也被烧死了。如今,爷儿俩只好跑到山上去住石洞。

五黄先生十分难过,就到山洞找到马骏父子。马骏看见五黄先生,抱头痛哭。五黄先生说:

"你现在一无所有,不如带上孩子跟着我挖药、卖药去吧。"

马骏从此就跟着五黄先生学挖药。不到半年工夫,马骏就学会了挖五黄药。但是,五黄先生却从不教他治病。一天,马骏说:

"老哥,你怎么不教我治病呢?"

五黄先生笑道:"我看你这人性子太急,不适合当郎中。"

马骏有些不满,便暗暗注意五黄先生怎么给人治病,什么病该下什么药。日久天长,马骏多少也摸透了一些门道,就背着五黄先生给人治起病来了。碰巧,还真让他治好了几个人,马骏十分高兴。

有一天,五黄先生不在家,有一个孕妇来找郎中。这妇人身体虚弱、骨瘦如柴,原来是泻肚子。本来止泻应用黄连,马骏却给她用了促泻的黄根。病人回去吃了两剂药,大泻不止,没过两天就死了。病人家属就把他扭送进了县衙。县官审明经过,就断了马骏一个庸医害人的罪名。

这时,五黄先生赶来,跪在堂前,说:

"老爷应该判我有罪。"

县官问:"你是什么人?怎么有罪?"

"他是跟我学的医,我教的不清,罪在我身。"

马骏闻听,急忙说:"老爷,是我背着他干的事,跟他没关系。"

县官问明他俩的关系,感到这两个人如此重交情,很是敬佩。平日,他也听说过五黄先生的大名,所以县官罚他们送给死者家里一笔钱,就放他们两人出衙了。

马骏羞愧万分,后来,踏踏实实地埋头挖药,人也变得稳重多了,五黄先生这才教他行医。为了记住前面的教训,五黄先生便将五味黄药中黄根,改为"大黄",免得后人再错用了这一味药。

智识库

大黄,蓼科,大黄属。多年生草本,高1～2米,根状茎粗壮,茎直立,上部分枝,有纵沟,疏生短柔毛。春月长叶,叶呈掌状浅裂,略似心脏形,有长叶柄,上面平坦,互生托叶结合,如同鞘状包围在茎上,膜质,开裂,通常生柔毛。花序大,圆锥状;花梗细弱,中下部有关节;夏季叶腋开花,花小常绿色,无花冠,有六个相同的萼片,雄蕊有9个,花柱3个。瘦果有三棱,沿棱生翅,顶端微凹,基部心形红色。原产于我国,分布于陕西、湖北、四川和云南。生于山地、野生或栽培。根状茎可供药用。

大黄其性苦寒,易伤胃气,故脾胃虚弱者慎用;另外,大黄其性沉降,且善活血化淤,故孕期、哺乳期妇女也应慎用。

云南白药

　　1938年3月，著名的台儿庄战役以中国军队的胜利而告终。在这场战役中，一支来自云南的部队异常注目。这支滇军作战十分骁勇，身边都带有一小瓶白色粉末，即使战士受了伤，不管伤势如何，只要还能动，就不打绷带、不坐担架，只把这白色粉末吃一点，外敷一点，就又上阵杀敌。这白色粉末就是如今著名的云南白药前身。从曲焕章1902年研制出"百宝丹"，并创建属于自己的"白药王国"，到药方险些被迫交出以及曲焕章的含恨而终，云南白药历史就像一部跌宕起伏的"惊险大片"，情节环环相扣，令人窒息。历经百年风雨，云南白药这朵盛开于"植物王国"的奇葩愈渐光彩。

　　据地方文史资料记载，云南白药为云南人曲焕章创制的、专门用于伤科治疗的中成药散剂。曲焕章，字星阶，原名曲占恩，1880年，出生于云南省江川县赵官村。1902年，曲焕章研制成功云南白药的前身"百宝丹"。

　　22岁的一个山村郎中是怎样研制出日后闻名天下的云南白药呢？传说有一天，曲焕章上山采药，看见两条蛇正在缠斗。过了一会儿，其中一条败退下来。这条气息奄奄的蛇游到一块草地上蠕动了起来。此时，奇迹发生了，不一会儿，蛇身上的伤口变得完好如初。曲焕章等蛇游走后,拿起那草仔细辨认,他认定这草一定有奇效。于是,综合民间传说和自己平时疗伤止血的经验,曲焕章终于创制出了百宝丹。

但1930年前后,曲焕章本人曾在报纸上宣扬,说他的百宝丹是受"异人"相传。而这个"异人"就是云南个旧县的姚连钧。曲焕章年少时,父母双亡,有一天,16岁的曲焕章突患重病,倒在了个旧县街头,幸而被姚连钧所救。姚连钧是一位精通外科药理的游医。随后曲焕章就拜姚连钧为师,并跟随他在云南北部、四川、贵州一带游历。师徒俩一边采集草药,一边四处行医。在姚连钧的教授下,几年下来,曲焕章得到了师傅的全部真传。

在前人和民族民间药方的基础上,经过不断地实践,1902年,一种取名为"百宝丹"的伤药被曲焕章研制出来了,这种白色的药末具有很强的消炎止血、活血化淤功能。人们根据它的外观把它叫作——白药。

1913年,云南都督唐继尧,开始派兵清剿云南匪患。有一天,曲焕章在行医途中碰巧救治了一个受伤的人。这个伤者,竟然是赫赫有名的滇南大土匪头子吴学显。民国十年,军阀顾品珍在云南发动兵变,当时的云南都督唐继尧被迫逃亡香港。第二年,唐继尧重整旗鼓,率部队杀回云南,打算东山再起。为了取得胜利,他以军长的头衔收买了吴学显,吴学显帮助唐继尧回滇主政成功。为报答曲焕章当年的救命之恩,吴学显邀请曲焕章迁居到了昆明,并在南强街开设了伤科诊所,他还帮助曲焕章与云南军政上层建立起牢固的关系。

1937年,日本发动全面侵华战争。1937年9月5日,国民革命军陆军第六十军的4万多名将士,在昆明市民的欢送下,开赴抗日前线。这一天,昆明万人空巷,人们走上街头,欢送云南第一支出省抗击日寇

揭秘一生的中药故事

的军队。而曲焕章一大早也带领药房的全部伙计来到街上。当部队经过时,向每个人的手中塞上了一瓶曲焕章万应百宝丹。台儿庄一役,不仅打出了滇军的威名,也让曲焕章万应百宝丹声名远扬。通过一系列的运作,曲焕章的"万应百宝丹"赢来了一段高速发展的黄金时期。到1938年,百宝丹的产量也因抗战的需要创纪录地达到了40万瓶。

1938年初春的一天,国民政府以捐款支持抗战为名,把曲焕章等昆明的知名商人请来。曲焕章很爽快地认捐了一架飞机。当时国民政府就叫他捐3万,后来又说,得捐国币。国币和滇币当时的差额很大,3万变成了30万,尽管生意做得大,但曲焕章一时也拿不出这么多的现金。百般筹措也无力认捐,他随后就被关押了起来。

就在这时,国民党中央委员焦易堂以中央国医馆馆长的名义,诚邀曲焕章到重庆,共同为抗日做出贡献。他的出现让绝境中的曲焕章见到了一线生机。但1938年8月,也就是曲焕章到达重庆两个月后,噩耗突然传来,曲焕章因病辞世。根据当时的传闻,焦易堂把曲焕章请到重庆后,让他到国医馆任职,但是同时,却要求曲焕章交出白药药方,由焦易堂私人控股的中华制药厂进行生产,曲焕章拒不答应,于是被软禁起来,最终绝食而死。

20世纪中成药中最神秘的莫过于云南白药,它那张至今仍然是国家机密的配方,带给人们无穷的想象,这似乎也成为它保持恒久魅力的秘诀之一。但云南白药也是幸运的,安然度过了那个战火纷飞的年代。

1955年曲焕章的第二任妻子缪兰英主动找到昆明市领导,向政府献出了百宝丹的秘方。1956年,昆明制药厂正式接收了缪兰英贡献的百宝丹,并把它改名为"云南白药",投入批量生产。

智识库

云南白药是云南省出产的传统中成药。由于它对于止血愈伤、活血散瘀、消火去肿、排脓驱毒具有良好疗效,因此成为主治各种跌打损伤、红肿疮毒、妇科血症、咽喉肿痛和慢性胃病的特效药品,被誉为伤科圣药。近年来研究发现,云南白药还具有抗癌、抑制肿瘤的作用。

车前草

车前草在我国广为分布,生长于路旁、沟渠边,尽管遭到车马踩踏,仍然顽强生长,因而得名。

相传西汉名将马武,在带兵征讨的战斗中,由于地形不熟,曾被围困在一个荒无人烟的地方。当时正逢酷热夏天,士兵口渴难熬,一个个小腹胀痛,排尿困难,连战马的小便也像血一样鲜红。军医诊断为尿血症,急需清热利尿的药物治疗。但一时到哪里去找这种药呢?

正当大家束手无策时,马夫发现有三匹病马精神好转,尿血也停止了。马武很奇怪,为了弄个水落石出,他便跟着这三匹马转来转去,发现发现这三匹马转悠的附近一片犹如牛耳状的野草几乎被马吃光。

于是,马夫采了一些草熬汤喝下,结果小便尿血现象消失了。马武得知大喜,立即号令全军服食这种野草,几天之后,全军人马都痊愈了。

马武问马夫:"此草如此灵验,生于何处?"

马夫顺手一指说:"就在大车的前面。"

马武哈哈大笑:"好个车前草!"

从此以后,车前草的美名就传扬开了。不过,也有人还叫它"猪耳草"。

智识库

车前草,别名当道、牛舌菜、虾蟆衣,车前科,车前属。根丛生,须状。叶基生,具长柄;叶片皱缩,展平后呈卵状椭圆形或宽卵形,长 6～13cm,宽 2.5～8cm;表面灰绿色或污绿色,具明显弧形脉 5～7 条;先端钝或短尖,基部宽楔形,全缘或有不规则波状浅齿。穗状花序数条,花茎长。蒴果盖裂,萼宿存。气微香,味微苦。平车前草的主根直而长。叶片较狭,长椭圆形或椭圆状披针形,长 5～14cm,宽 2～3cm。

车前草性味甘寒,具有利水、清热、明目、祛痰的功效。主治淋病、尿血、小便不通、黄疸、水肿、热痢、泄泻、目赤肿痛、喉痛等等。《草性论》载"治尿血,能补五脏,明目,利小便,通五淋"。《本草逢原》载"若虚滑,精气不固者禁用"。

揭秘一生的中药故事

甘 草

揭秘一生的中药故事

很久以前,有一个乡村老医生被外村请去治病,好几天都没回家。这期间,许多人得了病,个个急着求医。

医生的老婆也挺着急,她想:平日老头子给人治病,不就是用几样"草"么?家里有种烧火用的干草,放进嘴里一嚼,有些甜味,就拿它当药吧,反正也吃不坏人。再说,病人心一宽,说不定还能减轻病痛呢。于是,医生的老婆把有甜味的干草切好,用纸包成包,谁来找医生,就给谁一包,也不要药钱,说:

"这是我老头子临走时留下的,他说能治百病。拿回去煎汤喝吧!"

许多病人吃了这种当柴烧的干草,病还真好了。

过了几天,老医生回了家,好多人跑来送药钱。老医生莫名其妙:

"什么药钱,我没给你们药啊!"

人们纷纷说:"是您留在家的药,师娘给大家治好了病。"

老医生更糊涂了,他把老婆喊出来问:

"你哪儿会治病呵?给人家吃了什么药?"

医生老婆让他先收下钱,等大伙走散,才一五一十地把干草当药的事说了。老医生大吃一惊：

"就算这种草能治病，人们得的病也不一样，难道它全能治？"

第二天，老医生把吃过这种草的人全都找了来，一一问明病情。其中有脾胃虚弱的，有咳嗽痰多的，有咽痛的，有痈疽毒肿的，还有小儿胎毒……再一检查，这些人的病全好了。

从此，医生就把自家烧火的干草当药用，逐渐发现这种草不仅可以补气和中、泻火解毒，还有调和诸药的作用。便给它取了药名，叫"甘草"。

揭秘一生的中药故事

智识库

甘草又名蜜草，以味道甜而得名，自古还有"灵草"、"国老"的美名。甘草为豆科多年生草本植物甘草、光果甘草、黄甘草、胀果甘草的干燥根及根茎。主产于中国北方，以内蒙古、甘肃等地所产者为著名。

甘草性味甘，平。入心、肺、脾、胃经。本品生者（生甘草、粉甘草）入药，能泻火解毒、润肺祛痰止咳，用于治疗咽喉肿痛，以及药物、食物中毒，咳嗽哮喘等症；炙后入药，能益气补中、缓急止痛、缓和药性，用于治疗心气不足、心悸怔忡、脉结代、脾胃虚弱、气血不足、倦怠无力，以及腹中痉挛、疼痛等症。甘草的药性缓和，可升、可降，可以与补药、泻药、寒药、温药、凉药等各类药物配合使用，并有调和药性的作用，是调解百药之毒的首选佳品，有"十药九甘草"之称。

白　前

　　有一年,华佗在河南行医。一天,他走到一个名叫白家庄的村子,正赶上下大雨,华佗没法赶路就住在村里一家姓白的老板开的客店里了。这天晚上华佗刚睡到半夜就被一阵孩子的哭声惊醒,仔细听听,那孩子还咳嗽呢。华佗猛地爬起来,叫醒客店老板,说:

　　"这是谁家的孩子在哭啊?"

　　"是住在小店后边那一家的孩子。"店老板说。

　　华佗说:"哎呀,这孩子病得厉害,恐怕难活到明天中午啦!"

　　店老板很不高兴:"你这客人怎么咒人家孩子死啊?"

　　华佗说:"我是医生,听出这咳嗽的声音不对了。"

　　店老板一听他是医生,慌忙打躬作揖,笑着说:"那就请你快给治治吧。那孩子闹腾好几天了,怪可怜的。"

　　"你领我看看去。"

　　店老板领着华佗转到店后边,敲开一家的门,说:

　　"这位是医生,给你们孩子治病来啦。"

　　那家人急忙请华佗进屋。华佗看了看病孩子的脸色,听听咳嗽的声音,坐下切过脉,然后说:

　　"要救这孩子的命,需要一种药草。如果马上找到,及时吃下,这孩子就能转危为安。"

孩子的父亲为难地说："得吃什么药,上哪儿去找呀?"

华佗说："你点个灯笼照亮儿,我去找找。"

"哎呀,怎么好麻烦您呢? 外边下着大雨!"

"别多说啦,救人要紧,快走吧!"

雨越下越大,满地的泥水,又滑又难走。孩子的父亲打着灯笼在前,华佗在村子里前前后后到处寻找,可是,东找西找,哪儿也没有他想找的药草。直到最后,才在客店门前一条小河沟的土坡上,找到了。华佗把它挖回来,切下根,用水洗干净,让煎药给孩子喝,又把那药草的叶子留下来,说:

"你们拿这个做样子,天亮后再挖一些来,让孩子吃几剂,病就除根了。这是止咳、祛痰的良药啊!"

"好啊,您放心吧。您忙了大半夜,快请先回去睡会儿。"

人们都催促好心的华佗去歇息,就没有问这种药草的名字。第二天,病孩子的父亲带了礼物,来到客店酬谢医生。不料,老板告诉他说:

"那位医生天没亮就走了。"

"哎呀,我还没好好地谢过他呢! 也没问人家的姓名。"

"你知道他是谁?"

"谁?"

"华佗。"

"哎呀,怪不得医道那么高、心眼那么好,敢情是活神仙啊!"

病孩子的父亲按照华佗留下的叶子,又挖了些药草回来煎给孩子喝,不久,孩子的病全好了。白家庄的人,从此也都认得那味止咳的药草了,不过,就是不知道它的名字。后来,大家想这种药草第一次是在白老板门前挖到的,就给它起了个名,叫"白前"。

智识库

　　白前又名水杨柳、鹅白前、草白前、白马虎。萝摩科植物柳叶白前的根茎及根。直立半灌木,高 30～60cm。茎圆柱形,有细棱。叶对生,披针形或线状披针形,两端渐尖,中脉明显。聚伞花序腋生;花萼 5 深裂;花冠紫红色,辐射状,内面被长柔毛,裂片狭三角形;副花冠裂片盾状,先端梢厚而内卷;雄蕊 5,与雌蕊合生成蕊柱,花药 2 室;柱头微凸,包于花药的薄膜内。蓇葖果单生。花期 5～8 月,果期 9～10 月。性微温,味辛、苦。降气、清痰、止咳。用于肺气壅实、咳嗽痰多、胸满喘急。

当归

　　关于"当归"命名的缘由,虽说法很多,但基本为两种:一种说法是,当归有"思夫"之意,即妻子思念远离家乡的丈夫,盼望能及早归来。明代李时珍在《本草纲目》中的解释,有趣而较确切,此说是从医疗效果引申出的形象比喻。因为我国古代的传统习俗,娶妻是为了生儿育女,传宗接代。但是,有些妇女因月经不调,气血不和,不能生育,经医服用当归之后,气调血和,营养得当,就有了生育的能力。这时候,若丈夫恰当其时归来团聚,则续嗣有望。另一种说法是,因当归是补血调气药,能治孕妇产后气血两亏而引起的恶血上冲。明人李士材在所著《本草图解》中谓:"气血昏乱者,服之即定。能使气血各有所归,恐当归之名,必因此出也"。《药学辞典》中也说:"当归因能调气养血,使气血各有所归,故名'当归'"。此说是根据药性来定名的。

　　关于"当归"的历史传说,在很久以前就产生了。相传三国时,姜维归顺诸葛亮后,忙于战事,长时间不能回乡省亲。老母思念儿子,托人捎去一包当归。姜维深悟母意,回信道:"良田百顷,不在一亩(母),但在远志(中药名),不在当归"。老母深明大义,理解了儿子。

　　民间还流传着这样一句谜语:丈夫外出三年整——当归。据说,很早以前,四川万宝山 50 里外,住着一对青年夫妇,男的叫陈贵生,女的叫桃花。夫妇俩男耕女织,相亲相爱,生活过得幸福美满。但美中不足的是,婚后五年,桃花尚未生育,而且身体消瘦,气色不佳,莫非是得了血脉不和的病症吗?于是,贵生就告辞妻子,去万宝山寻找调理气血的草药。临走时对妻子说:"你等我三年,若到时不归,你就改嫁。"三年后,贵生满载着挖得的草药,回家来了。桃花吃了贵生挖的药后,很是有效。后来,人们就将此药叫当归。

智识库

当归又名干归、秦归、西归、云归等,为伞形科多年生草本植物当归的干燥根。现均为栽培品,以生长在阴坡沙质土壤者为佳。主产于西北、西南等地,以甘肃及四川北部所产者质量最佳,为道地药材。干燥的根呈圆柱形,下部有数条支根,全长 15～25 厘米。表面浅黄棕色至黄棕色,具纵皱纹及横长皮孔。按不同部位分成根头、主根、支根。药材是以主根粗大、身长、支根少、端面黄白色、气味浓厚者为佳。

当归性味甘、辛、温。入心、肝、脾经。本品辛甘温润,以甘温和血,辛温散寒,为血中气药。它既补血、养血,又能柔肝止痛、活血止痛,用于治疗血虚所引起的头昏、目眩、心悸、疲倦、脉细等症,又能治疗血虚腹痛、月经不调、月经稀少、经闭、痛经,以及跌打损伤、风湿痹痛、冠心病心绞痛、血栓闭塞性脉管炎等病症。另外,它还能养血润燥、滑肠通便,用于治疗阴血虚少所引起的肠燥便秘。

揭秘一生的中药故事

何首乌

传说很早以前，在沧州一带，住着一个名叫何朴的名医。他心地善良，秉性刚直，精通医道。人人都敬重这位老医生。

这一年，何老汉刚过完 75 岁的生日，就接到圣旨，宣他进京。原来，12 岁的皇太子得了个怪症，整天不吃不喝，看见饭就恶心。太医个个忙得团团转。可是，用遍了世间的良方名药，太子的病还是一天重似一天。有一个嘴快的，把何朴善医的消息传进皇帝耳朵里。老皇帝赶忙下了这道圣旨，宣何朴进京。何老汉只好辞别众乡亲，进京去了。

其实，皇太子根本没什么大病。不过是吃得太多太好，又不活动，消化不良。何朴给他开的，也无非是山楂、焦三仙之类开胃的药。想不到，老皇帝见这方子中没有参茸等名贵药物，就老大不高兴。又加上何朴说了句："太子的病，依我看，多活动，多吃些蔬菜，不用吃药也能好。"惹得老皇帝火冒三丈，不由分说，把何朴定了个慢君之罪，发配南海。

押解途中，何朴不是挨打就是受骂。好容易挨到南海，他已经瘦得只剩下一把骨头了，当地官吏见没有油水可榨，索性把他丢进死牢。狱卒也因他无钱贿赂，断了他的囚粮。到了水米不粘牙的第四天，何老汉躺在黑漆漆的牢房里，身上一点力气也没有了。何朴肚中一阵阵咕噜声，饿得实在难受啊。入夜，月光透过铁棱上缠满枝藤的小窗口射进来，何朴心头一亮，有了！这满地的蒿草，它的根不就可以吃吗？何老汉慢慢挪到墙根，枯瘦的双手颤抖着，在地面上挖起来。那是一块块鸡蛋大小的根块，颜色土灰。何老汉顾不得许多，抓起一块就塞进嘴里，边嚼边向挖开的地方一看，地底下到处都是这种东西。

一晃过了三年。一天夜里，暴风雨打塌了半扇狱墙，何老汉才逃了出去。等到官府出榜缉拿，他已经赶回了沧州地面。奇怪的是，乡亲们竟认不出这位老医生了。原来，他那一头白发、齐胸长的白胡子，现在变得漆黑发亮，佝偻的腰杆也挺得笔直，这哪像是坐了三年牢的人呢？对着大家吃惊的神色，何老汉笑着拿出几把蒿草，说："这些能让人返老还童的宝贝草根子，年老体弱的乡亲们先吃点，剩下的，开春咱们把它种下去。让子孙后代都能吃上这宝贝东西，养出一副好身子骨。"

转眼就是播种时节。何朴开始试种这种野草。草苗也像通灵性一样，长得又粗又壮。

谁知，到秋天翻开地一看，人们全傻了眼，地底下一块根也没有。有人沉不住气了，说："别瞎费劲了，没听说过凡人能种出宝贝来的！"可何老汉不甘心，转年，除自己留了一块外，把剩下的根块全部种了下去。结果，还是枝叶长得壮，地下不生根。何老汉的眉头皱成了一个疙瘩。整个冬天，人们经常见他一个人蹲在地头上沉思。老汉下了决心，要用自己的鲜血来浇灌这最后的一块根块。转眼，又到了下种的日子。何老汉挖好坑，用刀子刺破自己的虎口，朝坑里滴了几滴鲜血，然后，双手捧土，埋下了这最后一块种子。以后，不管刮风下雨，何老汉每天都要到地头，洒上几滴鲜血。日复一日，野草苗破土而出，越长

23

越壮。何老汉却一天比一天瘦弱。到了秋天,他那乌黑的头发、胡子重又变得雪白,人也像一下老了几十岁。没等到收获,他就卧床不起了。等到乡亲们捧着又大又饱满的根块,奔到何老汉家报喜时,老人已经长眠不醒了。

从那时起,我们祖国的百草园中,又多了一味能使人白发变黑、滋阴强身的宝药。后人为了纪念何老汉,就给这味药取名叫作"何首乌"。

智识库

何首乌,蓼科植物何首乌的块根。多年生缠绕草本。叶互生,长4～9cm,宽达5cm,全缘,托叶鞘膜质,抱茎;具叶柄。圆锥花序顶生或腋生,花小;花被5深裂,外面3片背部有翅。瘦果椭圆形,包于宿存翅状花被内。花期8～10月,果期9～11月。何首乌性温,味苦、甘涩。生首乌解毒,消痈,通便;用于瘰疬疮痛、风疹瘙痒、肠燥便秘、高血脂症。制首乌补肝肾,益精血,乌须发,壮筋骨;用于眩晕耳鸣、须发早白、腰膝酸软、肢体麻木、神经衰弱、高血脂症。

吴茱萸

据说"吴茱萸"在春秋时代原名"吴萸"。它产于吴国,是一味止痛良药。

当时,吴国和邻近的楚国相比,还算小国,小国就得向大国进贡。这一年,吴国的贡品之中就有吴萸。谁想楚王一见,竟大发雷霆:

"小小的吴国,胆敢把以国命名的东西当贡品,这不是看不起堂堂的楚国吗? 拿回去,不收!"

吴国的使者愣住了。

这时,有位姓朱的楚国大夫,急忙对楚王说:"吴萸能治胃寒腹疼,还能止吐止泻。吴王听说大王有腹痛的老病,才选来进贡的。如果拒绝接受,那不就伤了两国的和气吗?"

"胡说,"楚王喝道,"我用不着什么'吴萸'! 我们的国家也不需要!"

吴国的使臣又羞又气,退出王宫。

朱大夫追出来说:"请你不要生气。就把吴萸留给我吧。楚王早晚会用上它的。"

吴使就把吴萸给了朱大夫。朱大夫拿到家中,栽在院内,还命人精心管理。

吴使回国后，吴王一听楚王这么无礼，就同楚国断了交。

几年过后，吴萸在朱大夫家中生长得十分茂盛，已经有一大片了。朱大夫知道，这种草的果实需在未成熟的时候入药，所以，他命人及时采摘，晾干收藏，保存了许多。

有一天，楚王忽然旧病复发，肚子痛得直冒虚汗。朝中的大夫都急坏了，可是谁也没有办法治。

朱大夫急忙用吴萸煎汤，献给楚王。楚王连吃了几剂，肚子不痛了；再吃几剂，病全好了。

楚王就问朱大夫："你给我送来的是什么药啊？"

朱大夫说："这就是那一年吴国进贡的吴萸。"

这时，楚王才后悔不该那样对待吴国。他一面派人与吴国和好，一面命人大种吴萸。

有一年秋天，楚国流行起瘟病来了。许多百姓上吐下泻，有的甚至活活病死了。楚王急忙传旨，命令朱大夫配药救民。朱大夫以吴萸为主制药，救活了许多快死的病人。

楚王为了让人们记住朱大夫的功劳，就传旨把"吴萸"更名为"吴朱萸"。后来，人们为了标明这是一种草，又把"吴朱萸"的"朱"字，加了草头，写成了"吴茱萸"。

26

智识库

吴茱萸，芸香科植物吴茱萸的未成熟果实。干燥果实呈五棱状扁球形，直径2～5毫米，高约1.5～3毫米，表面绿色或绿褐色,粗糙,有细皱纹及鬃眼(油室)。种子富油性,质坚易碎。香气浓烈,味苦微辛辣。以色绿、饱满者为佳。

辛苦,温,有毒。温中,止痛,理气,燥湿,治呕逆吞酸,厥阴头痛,脏寒吐泻,脘腹胀痛,经行腹痛,五更泄泻,高血压症,脚气,疝气,口疮溃疡,齿痛,湿疹,黄水疮。

27

芦 根

江南有个山区,这地方有个开药铺的老板。由于方圆百里之内只有他一家药铺,所以这个药铺老板也就成了当地的一霸。不管谁生了病都得吃他的药,他要多少钱就得给多少钱。

有家穷人的孩子发高烧,病很重。穷人来到药铺一问,药铺老板说退热得吃"羚羊角",5 分羚羊角就要 10 两银子。穷人说:

"求你少要点儿钱吧,这么贵的药咱穷人吃不起呀!"

药铺老板说:"吃不起就别吃,我还不想卖呢。"

穷人没法,只有回家守着孩子痛哭。

28 这时,门外来了个讨饭的叫花子,听说这家孩子发高烧,家里又穷得买不起那位药铺老板的药,便说:

"退热不一定非吃羚羊角不可。"

穷人急问:"还有便宜的药吗?"

"有一种药不花一个钱。"

"什么药?"

"你到塘边挖些芦根回来吃。"

"芦根也能治病?"

"准行。"

穷人急忙到水塘边上,挖了一些鲜芦根。他回家煎好给孩子灌下去,孩子果然退了热。穷人十分高兴,就跟讨饭的叫花子交了朋友。

从此,这里的人们发高烧时就再也用不着去求那家药铺了。芦根成了一味不花钱的中药。

智识库

芦根,俗名苇子、苇子根,多年生草本,生于池沼地、河溪边、潮湿地等处。茎直立,有明显节,节间中空。叶互生,叶片披狭针形或披针形。夏季茎顶开花,排成圆锥花序。多在春末夏初之间采挖。只用在根部长出的白色嫩芽入药。

芦根甘寒,入肺、胃经,清热、生津、止呕。治热病烦渴、口干咽燥、肺热咳嗽、胃热呕吐、小儿隐疹不透。

29

辛 夷

从前,有一位秦举人得了一种怪病,鼻孔流脓流涕,腥臭难闻。这种病很讨人嫌,连他的妻子儿女也躲得远远的。秦举人请过许多医生,但吃什么药也没有用。他想:与其这么活着招人嫌恶还不如死了好,就打算寻死。有个朋友知道后劝道:

"天下这么大,本地医生治不好,何不到外边求医去?还能顺便逛逛名山大川,散散心。"

秦举人一听有理,反正呆在家里也净跟老婆怄气,就带了个家人,骑着马出门了。

秦举人走了很多地方,但没遇见一个能治鼻子的医生。后来,他走到南方的一个夷族人居住的地区,有个夷家医生说:

"这病好治。"

秦举人喜出望外,急忙请他医治。

医生到山上采了一种花苞回来,让秦举人服用。秦举人吃了半个月,鼻子真的不流脓了。他十分高兴,对医生说:

"这种药真灵,你能不能让我带一些回去,万一再犯病时就不用跑这么远求医了。"

医生想了想说:"不如给你带些种子回去栽种。"

秦举人更加高兴,他重重酬谢了医生,带着种子回家了。到家后,他就种植这种草药。几年过后,院子里长了一大片。凡有人得了鼻病,他就用这种草药给人医治。人们问这药草叫什么名字。秦举人忘了问夷家医生这草药的名字。又一想,这是在辛亥年间从夷人那里引来的,就说:"这叫'辛夷'。"从此"辛夷"的名字就这样留传下来了。

智识库

辛夷为双子叶植物木兰科植物辛夷或玉兰的花蕾。又名望春花、望春玉兰。色泽鲜艳,花蕾紧凑,鳞毛整齐,芳香浓郁。辛夷有散风寒的功效,用于治鼻炎、降血压;辛夷又是一种名贵的香料和化工原料,亦是一种观赏绿化植物。

31

揭秘一生的中药故事

连 翘

传说，在吕梁山下，有个姓廉的老中医，他有个儿子叫廉哥。在太行山下，有个姓乔的老中医，生了个女儿叫乔妹。两位老人相遇之后，因为情趣相投，很快结成了朋友。廉哥和乔妹也在频频的接触中产生了爱情。

有一年，匈奴侵犯，百姓遭难。两位老人因拒绝给匈奴医病，被匈奴用马活活地拖死了。匈奴见乔妹长得俊俏，硬逼她做小老婆。乔妹死活不答应，被马鞭打得死去活来。廉哥逃出之后，决心救出乔妹，替两位老人报仇。

一天晚上，廉哥揣着放了蒙汗药的酒，来到关押乔妹的牢前，在匈奴眼皮下喝起酒来。匈奴兵个个都是酒鬼，很快围了过来，抢过葫芦，开怀畅饮，不一会儿酒就全被喝光了。这时，廉哥感到头晕眼花，知道是蒙汗药起的效用，掏出个药丸塞进嘴里。又从死猪般的匈奴兵的身上找到钥匙，打开了牢门。乔妹因伤势太重，昏迷不醒。廉哥摸出个药丸，放到乔妹嘴里，背起就跑。没跑多远，身后就传来了人喊马嘶声。

廉哥背着乔妹东藏西躲，怎么也逃不出匈奴的兵营。最后，摸到了匈奴王的帐篷，把帐篷点着了。然后，解开匈奴王的马，抱着乔妹冲出了兵营。

廉哥和乔妹骑着马跑呀跑，飞过十八条河，翻过十八座山，仍甩不掉身后的敌人。这时，乔妹醒了过来，很快明白了一切。着急地说："廉哥，见到你，我死也甘心了。我不能连累你，让我赶快下去吧。"廉哥说："不行！死，我们也要死在一起！"说着，一手抱紧乔妹，一手勒缰驰去。

突然，一座大山挡住了去路。这就是中条山。眼看匈奴越追越近。危急中，乔妹对廉哥说道："廉哥，快下马，别忘了咱是爬山能手。"廉哥忙跳下马，飞快爬上山顶。匈奴兵面对大山一点办法也没有，只好乱放一通箭就收兵了。

从此，廉哥和乔妹在中条山上靠采药治病度日。他们在山上洒下了无数汗水，留下了无数的足迹。多少年以后，在他们所到之处，长满了幼小的药苗。这种药苗，枝壮叶肥，经风耐寒。冬末春初，便开花含蕾，夏去秋来便结出果实。据说这是廉哥和乔妹变的。因为廉哥汗水里有解蒙汗的药，乔妹汗水里有治头昏的药，所以人们头昏脑热时都要吃些这种草药。后来，人们便把这种药苗取名为"连翘"。

智识库

连翘又称黄金条、黄寿丹，属木樨科落叶丛生灌木。茎丛生直立，枝条开展而下垂，节间中空，节部有木髓。三四月先花后叶，花可开至五月。花一至数朵腋生，花冠金黄色，花冠内有橘红色条纹。

连翘药用部分主要是果实。它的果壳，含有连翘酚、香豆精、齐墩果酸、皂苷、维生素 P 等。具有清热、解毒、散结排脓等功效。主治温热、疮疡、瘰疬、丹毒、斑疹、流感。

佩兰·藿香

从前,有一户农家,哥哥从军在外,家里只有姑嫂二人,嫂子叫佩兰,小姑叫藿香。佩兰十分疼爱妹妹,藿香也很体贴嫂子。

一年夏天,嫂子不幸中了暑热,只觉着头痛眩晕,心悸恶心。藿香急忙把嫂子扶到床上,说:

"哥哥在家时,教咱们认识过两种祛暑解热的药草,我上山挖些回来,煎汤给你喝吧!"

"那可不成!"佩兰拉住妹妹的手。"你一个十七八的女孩子,怎么能一个人出门儿啊?"

藿香一心想给嫂子治病,不管嫂子怎么劝说,还是换上了哥哥的旧衣裳,女扮男装,进山去了。

佩兰唯恐妹妹有什么闪失,两眼紧盯着房门,一直盼到天黑了,才看见妹妹的影儿。佩兰刚松了一口气,却又猛地吓呆了。只见藿香两眼发直、四肢无力,一迈进门槛儿就跌倒在地。佩兰挣扎着身子,忙下床去搀藿香:

"妹妹呀,你这是怎么啦?"

藿香有气无力地说:"我叫毒蛇咬了。"

嫂子吓得没了魂儿似的,急问:"咬了哪儿?"

"这儿……"藿香说着指了指脚。

佩兰赶紧扒下藿香的鞋袜,看见妹妹的脚面又红又肿,连小腿也肿胀得变粗了。

"哎哟,这还得了,得把毒水挤出来才成呵。"

"怕是晚了。"

佩兰闻听,一下把妹妹的伤腿抱起来,又把嘴凑近脚面上的伤口,吸吮毒汁。

"嫂子,你也要中毒啊!"藿香哭着推搡嫂子。

佩兰紧紧握住妹妹的脚脖子,说道:"要死咱俩一块儿死,要活咱俩一块儿活。没有了妹妹,我一个人还活个什么意思?"

第二天,邻居们发现这姑嫂二人都躺在地上,急忙抢救。可是,藿香已经死了,佩兰也只剩下最后一口气。佩兰从身边的小筐里拿出两株药草,哭着说:

"乡亲们呵,我妹妹挖回来的这两种草,是我们家祖传下来治暑热的,可还一直没起过名字。这圆叶粗茎的,能祛暑湿,治疗头痛发热、腹胀胸闷,还能止呕、止泻,就叫'藿香'吧;这种尖叶细茎的,主治暑湿内阻、头昏呕吐,就叫'佩兰'吧……"

话未说完,佩兰也咽了气。

邻居们无不感动。大家把姑嫂二人埋葬后,又将两种祛暑的药草培植起来。从此,人们一看到藿香和佩兰这两种药草,就想起当年那一对感情深厚的姑嫂。

35

揭秘一生的中药故事

智识库

藿香:唇形科,藿香属。多年生草本。茎方形,叶对生,三角状卵形,边缘有锯齿,有叶柄。夏季,叶顶开唇形花,白色或紫色,在茎上部排列成多轮的穗状花序。我国各地均有分布。用种子或分根繁殖。茎叶可提取芳香油。中医学上以茎叶入药,性微温,味辛甘,功能解暑、化湿、和胃,主治头痛发热、胸闷腹胀、呕吐、泄泻等症。

佩兰:菊科植物,多年生草本,高 30～100cm。根茎横走。茎圆柱形,常紫绿色,无毛或有短柔毛。叶互生,下部叶常枯萎;中部叶较大,常 3 全裂或深裂,中裂片长椭圆形或长椭圆状披针形,长 5～12cm,宽 2.5～4.5cm,先端渐尖,边缘有粗糙齿或不规则细齿,两面无毛或沿脉有疏毛,无腺点,叶柄长约 1cm;上部叶较小。头状花序排成复伞房状;总苞钟状,总苞片 2～3 层,紫红色;管状花 4～6,白色或带淡红色,两性。瘦果圆柱形,具 5 棱,无毛及腺点。花期 7～11 月,果期 9～12 月。性平,味辛。芳香化湿,醒脾开胃,发表解暑。用于湿浊中阻、脘痞呕恶、口中甜腻、口臭、多涎、暑湿表症、头胀胸闷等症。

金钱草

　　从前,有一对年轻夫妇恩恩爱爱,日子过得十分美满。可是好景不长,一天,丈夫突然肋下疼痛,好像刀扎针刺一般,没过多少日子,竟活生生地疼死了。妻子哭得死去活来,非请医生查明丈夫是为什么死的不可。医生根据死者发病的部位,剖腹一查,发现胆里有一块小石头。

　　妻子拿着这块石头,伤心地说:"就这么一块小石头,活生生拆散了我们恩爱夫妻,真害得人好苦啊!"

　　她用红绿丝线织成一个小网兜,把石头放在里面,挂在脖子下边,不管白天干活,还是晚上睡觉,都不拿下来。就这样,一直挂了许多年。

　　有一年秋天,她上山割草,割完一大捆,抱着下山。等她回家时,忽然发现挂在胸前的那块石头已经化去了一半。她十分奇怪,逢人便讲。这事被一位医生听见,就找上门来对她说:

　　"你那天割的草里,准有一种能化石头的药草。你带我上山找找那种草吧。"第二天,她带着医生来到割草的山坡,但是,草都被割光了。医生就把这片地周围做了记号,打算来年再说。

　　到了第二年秋天,医生又跟妇女上山,把那片地上的草割下来,让妇女抱回家。可是，这一回石头一点儿也没化，还跟从前一样硬。

医生并没泄气。

第三年，他和那位妇女又一次上山，把那片山坡上的草割下来，先按种类分开，然后，再把那块石头先后放到每一种草上试验。终于找到一种能化石头的草。

医生高兴地说："这可好啦，胆石病有救啦。"

从此，医生就上山采集这种药草，专门治疗胆石病，效果很好。

因为这种草的叶子是圆形的，很像金钱；而且，它能化开胆里的石头，都说它比金钱还贵重，所以，医生就叫它"金钱草"。后来，也有人管它叫"化石丹"。

揭秘一生的中药故事

智识库

金钱草，报春花科过路黄的干燥全草。性微寒，味甘、咸。清热利湿，通淋，消肿。用于热淋、砂淋、尿涩作痛，黄疸尿赤，痈肿疔疮，毒蛇咬伤，肝胆结石，尿路结石。

金银花

从前,在一个小村庄里住着一对善良的夫妻。这一年,妻子生下了一对可爱的双胞胎女儿,两口子十分高兴,就给她们取名金花和银花。

金花和银花慢慢长大了,两个人长得一模一样,形影不离。她俩又会绣花,又会说话。爹妈都很疼爱她们,乡亲、邻居们也非常喜欢这对姐妹。

谁想好景不长。忽然有一天,金花得了重病。浑身发热并起了许多红斑,她躺在床上就起不来了。爹妈急忙请医生来给她看病。医生看了看病情,号了号脉说:

"她得了热毒病,自古以来也没有治这种病的药,只好等死了!"

银花听说姐姐的病没法医治,整天守着姐姐,哭得死去活来。

金花说:"离我远一点儿吧,这病传染人。"

银花说:"我恨不得替姐姐得病受苦,还怕什么传染呢?"

没过几天,金花的病更重了,银花也卧床不起了。她俩对爹妈说:

"我们死后,要变成专治毒病的药草。不能让得这种病的人再像我们似的干等死了!"

后来,他们俩果真一道儿死了。乡亲们帮着父母把她俩葬在一个坟里。

　　转年春天，百草发芽。可这座坟上，却什么草也不长，单单生出一棵绿叶的小藤。三年过去，这小藤长得十分茂盛。到了夏天开花时，先白后黄，黄白相间。人们都很奇怪，不禁想起金花和银花两姐妹临终前的话，就采花入药，用来治热毒症，果然见效。

　　从此，人们就把这种藤称作"金银花"了。

智识库

　　金银花，又名双花、忍冬花，系多年生藤本小灌木。花冠筒状，上粗下细，略弯曲，《本草纲目》中载："一蒂两花两瓣，一大一小，如半边状，长蕊。花初开者，花瓣俱白色，经二三日，则色变黄，故名金银花"。金银花为常用中药，性寒，味甘。能清热解毒、凉散风热，用于痈肿疔疮、喉痹、丹毒、热血毒痢、风热感冒、温病发热。

揭秘一生的中药故事

威灵仙

从前，江南有座大山，山上有一座古寺，叫威灵寺。威灵寺的老和尚认得药草，其中有一种药专治风湿痹痛、骨渣子卡喉。山里的人常年在风雨中劳动，得风湿病的不少；一些猎户又以野兽为食，被兽骨卡住喉咙的事情也常有。所以，常常有人来到古寺，请老和尚治病。

威灵寺的老和尚为人诡诈。每逢有人求医，他总是焚上一炷香，念上几句经，倒些香灰在一碗水里，然后让病人喝下去。病人常常是喝下香灰水，病就好了。老和尚就说这是某某佛爷或某某罗汉施展法力救的命，胡诌一通，多骗香火钱。其实，他那盛香火的碗里放的全是事先煎好的药汤。日久天长，人们都说威灵寺的佛爷有求必应，还赠给老和尚一个美称，叫"赛神仙"。因此，连山外很远的病人，也跑到威灵寺上香拜佛了。

这事只能瞒过局外人，采药、煎药的小和尚心中有数。这个小和尚十分辛苦，每天除了在密室制药外，还得烧火、做饭、打扫院子、干许多零活儿。就这样，老和尚还虐待他，把他当牲口使唤，经常打骂他。小和尚有冤无处申，就想出一个捉弄老和尚的办法：当老和尚再叫他煎药汤的时候，就故意换上些根本不治病的野草。

这天，有个猎人的儿子被兽骨渣子卡住喉咙了。猎人抱着儿子来求佛。"赛神仙"像往常一样，又烧香又念经。念完经他就把香灰化在准备好的药汤里，让小孩喝下去。

要在以前，病人把这碗香灰水（实际上是药汤）喝下后，卡在嗓子中的碎骨头就会变软，接着进入胃里，随着别的食物消化了。可这一次，香灰水不灵了，碎骨头渣子依然横在小孩儿的喉咙里，憋得那孩子脸色发青、哭不出声。老和尚急得光头冒汗，生怕当场出丑，只好对孩子的父亲说：

"你身上准不干净，冒犯了佛爷。去吧，佛爷不想管你的闲事。"

猎人只好抱着儿子走出大殿。小和尚十分可怜那个孩子，他悄悄从后门追来。小和尚端来一碗药汤，给小孩儿灌下去。真是药到病除，碎骨头化了。猎人连声感谢。

自从这天起，"赛神仙"的灰水再也不能治病了。头几回，"赛神仙"还能拿什么"病人心不诚，佛爷不来"之类的话搪塞敷衍。日子一长，人们就知道他的香灰水不顶事，有病也不找他。威灵寺的香火差不多快断了。

不过，求小和尚治病的人越来越多。山里的人都传说：威灵寺前门的香灰水不治病，后门的汤治病。

起初，小和尚送药汤还怕老和尚知道后打他，后来，给病人治病要紧，有时就顾不上躲避老和尚了。这天，有个得风湿病的樵夫来求药，他忘了走后门，直接跑到大殿上来找小和尚。老和尚这才发现香灰水失灵的原因。他气得脸孔铁青，恨不得揪过小和尚咬两口才解气。可是，当着樵夫，自知理亏，不敢发作。这么一憋气，没留神从台阶上摔了下来，一跤跌死了。

从此以后，小和尚就成了威灵寺的主持。他大量种植能治风湿和化兽骨的药草，分文不取，送给病人。这种药草小叶，秋天开白花。小和尚光知道怎么栽药、煎药,就是不知这药草的名字。后来,由于人们常到威灵寺来求小和尚要这种药草,这种药草治起病来又像神草一样灵验,所以大伙儿就叫它"威灵仙"了。

智识库

　　威灵仙,毛茛科植物,棉团铁线莲或东北铁线莲的根及根茎也作威灵仙入药。主产于江苏、安徽、浙江等地。原植物生于山坡灌木丛中、山谷或溪边。喜温暖湿润气候,以含腐殖质的石灰质土壤最宜生长。味辛、咸,性温。归膀胱经。功效祛风湿、通经络、止痹痛,治骨鲠。临床用名威灵仙、酒灵仙。

43

揭秘一生的中药故事

茵 陈

　　三国时期,有一个黄痨病人,面皮姜黄,眼睛凹陷,瘦成了个刀螂。这天,他拄着拐杖,一步一哼地来找华佗。

　　华佗见病人得的是黄痨病,皱着眉摇了摇头说:"眼下医生们都还没找到治黄痨病的办法,我对这种病也是无能为力呀!"

　　病人见华佗也不能治他的病,只好愁眉苦脸地回家等死了。半年后,华佗又碰见那个人。谁想这个病人不但没有死,反倒变得身强体壮、满面红光的了。华佗大吃一惊,急忙问道:

　　"你这病是哪位先生治好的? 快告诉我,让我跟他学学去。"

　　那人答道:"我没请先生看,病是自己好的。"

　　华佗不信:"哪有这种事! 你准是吃过什么药了吧?"

　　"药也没吃过。"

　　"这可就怪了!"

　　"哦,因为春荒没粮,我吃了些日子野草。"

　　"这就对啦! 草就是药。你吃了多少天?"

　　"一个多月。"

　　"吃的是什么草啊?"

　　"我也说不清楚。"

44

"你领我看看去。"

"好吧。"

他们走到山坡上,那人指着一片野草说:

"就是这个。"

华佗一看,说道:"这不是青蒿吗,莫非能治黄病?嗯,弄点回去试试看。"

于是,华佗就用青蒿试着给黄痨病人下药治病。但一连试了几次,病人吃了没一个见好的。华佗以为先前那个病人准是认错了草,便又找到他,叮问:

"你真是吃青蒿吃好的?"

"没错儿。"

华佗又想了想问:"你吃的是几月里的蒿子?"

"三月里的。"

"唔。春三月间阳气上升,蒿草发芽。也许三月的青蒿才有药力。"

第二年开春,华佗又采了许多三月间的青蒿试着给害黄病的人吃。这回可真灵!结果吃一个好一个,而过了春天再采的青蒿就不能治病了。

为了把青蒿的药性摸得更准,等到第三年,华佗又一次作了试验:他逐月把青蒿采来,又分别按根、茎、叶放好,然后给病人吃。结果,华佗发现,只有幼嫩的茎叶可以入药治黄病。为了使人们容易区别,华佗便把可以入药的幼青蒿取名叫"茵陈"。他还编了四句话,留给后人:

"三月茵陈四月蒿,

传与后人切记牢。

三月茵陈能治病，
四月青蒿当柴烧。"

智识库

揭秘一生的中药故事

茵陈来源为菊科多年生草本植物青蒿，或一年至二年生草本植物滨蒿的幼苗。多卷曲呈绒团状。灰绿色，全体密被白色柔毛，绵软如绒。叶有柄，叶2～3回羽状深裂，小裂片线形，长0.2～0.6厘米，全缘。气微香，味微苦。以质软，色灰白、有香气者为佳。

苦而微寒，入脾、胃、肝、胆经。清热，利湿，退黄。用于湿热黄疸、传染性肝炎、胆道感染、胆石症、胆道蛔虫等。

夏枯草

很久以前,有个秀才的母亲得了瘰疬,脖子肿得老粗,还直流脓水。人们都说这种病很难治,秀才十分着急。

一天,来了个卖药的郎中,他对秀才说:

"山上有种草药,可以治好这个病。"

秀才立即求郎中帮忙。郎中就上山采了一些有紫色花穗的野草回来,剪下花穗,煎药给秀才母亲吃。几天过去,秀才母亲流脓的地方封口了;又过了些日子,病全好了。老太太十分高兴,嘱咐儿子留郎中住在家里,重重酬谢并款待郎中。郎中也不客气,白天出去采药、卖药,夜晚就宿在秀才家中。秀才经常和郎中在一起聊天,慢慢地对医道也有了兴趣。

过了一年,郎中要回家,临走时对秀才说:

"我在你这儿住了一年,该给你多少饭钱?"

秀才说:"你给我母亲治好了病,吃几顿饭算什么?"

郎中说:"也好,那就传你一种药吧!"

郎中说罢,便带着秀才上了山。他指着一种长圆形叶子、开紫花的野草对秀才说:

"这就是治瘰疬的药草,你要认清。"

秀才仔细地看了看，说："我认清了。"

"你还得记着，这草一过夏天就没了。"

"嗯，我记住了。"

两人分手后一晃两个多月过去了。就在这年的初秋，县官的母亲得了瘰疬，张榜求医。秀才听说以后立刻揭了榜去见县官，说："我会采药治瘰疬。"

县官派人跟着秀才上了山，可是，怎么也找不着长圆叶、开紫色花的药草。秀才十分奇怪：这是怎么回事啊？他爬遍了附近的大山，一棵也没找到。差人把秀才押回县衙，县官认定他是骗子，当堂就打了他五十大板。

转过年的夏天，郎中又回来了。秀才一把抓住郎中说："你害得我好苦啊！"

郎中一愣："怎么啦？"

"你教我认的药草怎么没有啦？"

"有啊。"

"在哪儿？"

"山上。"

两人又到山上，一看，到处都有紫穗野草。秀才奇怪地说："怎么你一来，这草又有了。"

郎中说："我不是对你讲过吗？这草一过夏天就枯死了，要用就得早采。"

秀才这才猛然记起郎中当初交代给他的话，只怪自己粗心大意，白挨了一顿板子。为了记住这事，秀才就把这草叫作"夏枯草"了。

智识库

　　夏枯草，别名芒捶草、蜂窝草、棒柱头草等。多年生草本，高达 30～40 厘米。生长于草坡、荒地及路边草丛中。分布几乎遍布全国各地。茎呈四菱形，有分枝，上常有白色短柔毛。叶对生，叶片呈狭卵形，长约 2～5 厘米，叶片的边缘常疏生小锯齿。夏初时节开花，花冠多呈紫色。穗状花序在草的顶端生出，长约 2～4 厘米，花为红紫色。结果时，小小的硬果多呈棕色，椭圆形。夏枯草的花期为 5～6 月，果期为 7～8 月。每当夏季穗呈棕红色时采收，除去杂质，晒干，也可鲜品使用。入药部分为其全草。

　　夏枯草性寒，味苦辛，有清肝明目、消肿散结等功效。

49

揭秘一生的中药故事

柴 胡

以前,有个姓胡的进士家有个长工叫二慢。

一年秋天,二慢得了"寒热往来"的瘟病。他一阵冷,一阵热,冷时打寒战,热时出冷汗。胡进士一看二慢病得不能干活了,又怕这病传染给家里的人,就说:

"二慢,我不用你了,你走吧。"

二慢哀求道:"老爷,我一无家可归,二无友可投,现在又病成这样儿,让我上哪儿去呀?"

胡进士说:"那我管不着。你干一天活儿,我管一天饭;你现在什么也不干,我没闲钱养人!"

二慢气呼呼地说:"我给你干了这些年,没少流汗,你就这么狠心?咱们也让大伙儿给评评理嘛!"

胡进士一听这话,怕别的长工听见,都不安心干活,忙改口说:"二慢呀,你先在外边找个地方呆些日子,病好了再回来。这是工钱,拿走吧!"

二慢没有办法,只好出了进士大院。一出门,他就觉着浑身一阵冷、一阵热,两腿酸疼,每走一步都费很大劲儿。他迷迷糊糊地来到一片水塘旁边。塘水快干了,四周杂草丛生,还长着茂密的芦苇、小柳树。二慢再也不能动弹,就躺在杂草丛里。

躺了一天,二慢觉得又渴又饿。可他一点力气也没有,站不起身子,便用手挖了些草根吃。这样,一连七天,二慢没动地方,吃了七天草根。

七天过后,周围的草根也吃完了,二慢试着站起身。他忽然觉得身上有劲儿了,就朝进士大院走来。胡进士看见二慢,皱着眉头说:

"你怎么又回来啦?"

"老爷不是答应等我好了就回来的吗?"

"你的病全好啦?"

"嗯。我这就干活去。"

二慢说完,扛起锄下田了。胡进士也就不再说什么。从这以后,二慢的病再也没犯过。

过了些日子,胡进士的少爷也得了瘟病,一阵冷、一阵热,跟二慢得过的病一模一样。胡进士就这么一个独生儿子,心疼极了。他请来许多医生,但谁也治不好。胡进士忽然想起二慢,就把他找来,问道:

"前些日子你生病时,吃了什么药呵?"

"老爷,我没吃药。"

"它自己好的。"

胡进士不信:"你准吃什么来的,快告诉我。"

二慢说:"我离开你家,走到村外水塘,就倒在那里了。我又渴又饿,就挖草根儿吃来的。"

"你吃的什么草根?快领我看看去。"

"好吧。"

二慢带着胡进士走到水塘边。他拔了几棵吃过的草根,递给胡进士。胡进士急忙回家,命人洗净煎汤,给少爷喝了。一连几天,少爷就

51

喝这种"药",把病喝好了。

胡进士十分高兴,却又不知那草叫什么。他想来想去,那东西原来是当柴烧的,自己又姓胡,就给它起了一个名字叫"柴胡"。

智识库

柴胡属伞形科植物,多年生草本,以根及全草入药。株高50～80厘米,主根圆柱形,下部有分枝。茎直立丛生。叶互生,线状披针形,先端渐头,全缘。伞形花序,腋生或顶生,花小,黄色,双悬果扁平长圆形。花期8～9月,果期10～11月。

味苦、辛、性平,和解表里,舒肝解郁,升举阳气,主治感冒、胸肋胀痛、月经不调等病症。

桑寄生

　　从前,有个财主家的儿子得了风湿病,腰膝酸痛,行动艰难,一连好几年他都瘫倒在床上,医生也没有办法根治。

　　财主听说南山有个药农,就让药农给他儿子送药医治。由于南山远在 20 里地之外,所以,财主就指派了一个小长工,隔两天去取一次药。可是,药农一连换了好几种药草,财主的儿子也不见效。

　　这年冬天雪多,一下起来就是几天几夜。小长工每次取药,都得在一尺多深的雪地上来回走四十里路。

　　有一天实在太冷,小长工身上的衣服又单薄,冻得他浑身打颤。可取不回药来,是没法交差的。小长工在村外站了半天,忽然看见一棵老桑树的空树洞里,长出一些小树枝条。他想:这不是很像财主儿子吃的药吗?反正他吃什么也不见好,就给他弄点这个拿回去顶药算啦。

　　于是,他爬到树上,撅了几根小树枝。然后,他偷偷跑到熟人家中,把树枝切成节儿,用纸包好。小长工在那里暖和了一会儿,又帮人干了些零活,估计工夫差不多了才回到财主家。

　　财主也不知道纸包里是什么,他照样让人煎给儿子喝了。小长工一看骗过了财主,以后就照"方"抓"药",每隔两天撅一把桑树上的细枝条回来。

冬天过去了，春暖雪化。财主的儿子，居然好了。

南山的药农听说后很奇怪："一冬天没来取药，他吃什么好的呢?"药农很想认认这种药，就来找财主。他刚刚走到财主门外，正碰见小长工。小长工怕药农见了财主后，自己就露馅了，准得挨打，急忙把前后经过讲了出来，并说：

"大叔，你千万别对财主讲啊!"

药农笑道："那好，可是你得告诉我，到底给他儿子吃什么来的他才好了。"

"树枝子呗。"

"什么树的枝子?"

"就是村头那棵老桑枝啊!"

"没听说过桑树的枝子能治瘫病啊! 你带我看看去。"

小长工带着药农来到村外。药农上树一看，原来在老桑树的空洞里，长着一种叶子像槐树的东西。他便采了一些下来，说："我先试试再说。"

54

药农用这种树枝子一试，果真治好了几个风湿病人。后来，人们因为这种小树枝子生在桑树上，就给它取了个名字——"桑寄生"。

智识库

桑寄生，桑寄生科植物桑寄生的带叶茎枝。常绿寄生小灌木。老枝无毛，有凸起灰黄色皮孔，小枝稍被暗灰色短毛。叶互生或近于对生，革质，卵圆形至长椭圆状卵形，先端钝圆，全缘,幼时被毛。聚伞花序,1～3个聚生叶腋,总花梗、花梗、花萼和花冠均被红褐色星状短柔毛;花萼近球形,与子房合生;花冠狭管状,稍弯曲,紫红色,先端4裂。浆果椭圆形,有瘤状突起。花期8～9月,果期9～10月。寄生于桑、槐、榆、木棉、朴等树上。

性平,味苦、甘。补肝肾,强筋骨,祛风湿,安胎。用于风湿痹痛、腰膝酸软、筋骨无力、胎动不安、早期流产、高血压症。

揭秘一生的中药故事

益母草

从前,有家只有母子二人。母亲在生儿子时落下产后瘀带、腹痛等病,儿子都十几岁了,她的病还不见好。儿子从小没有父亲,是母亲把他拉扯大的,他对母亲十分孝顺。儿子看见母亲面黄肌瘦、身体虚弱,可还每天挣扎着纺线,就说:

"妈,您别这么硬撑着啦,请个医生看看吧!"

"傻孩子!"母亲哭道,"缸里没有隔夜的粮,哪有钱请医生看病啊!"

儿子说:"那就从采药人那儿买些药吃吃吧。"

母亲说:"算啦,反正你快成人啦,我能活一天是一天,别花冤枉钱啦!"

"妈,您为我辛苦了半辈子,我得让您后半世享福。说什么也得治好您的病。"

儿子说完就去找采药人,他把母亲的病状说了。采药的人配了两剂药,卖给他。母亲吃了这药,10 来天没犯病。儿子挺高兴,又去找采药人:

"你能不能把我母亲的病根除掉?"

采药的人笑笑说:"行啊,我包治。不过,得先讲好价钱。"

"你要多少钱？"

"500斤大米，10两银子。"

"呀！"孩子吓得直伸舌头，到哪儿去找这么多米和银子呢？可是，没有钱人家就不给药，没药母亲的病就好不了……这孩子想来想去，忽然有了办法。他说：

"钱和米都好办，就不知你能不能把人治好？"

"当然能啦。"

"那你先治病。等我妈病好了以后，我照数给银子和大米。"

"行啊！不过，咱们到时候说话得算数。"采药的叮嘱了一句，他心想：到底是孩子，我要这么大的数目，他也不知道还价！这回可捞了个大便宜。

孩子又问："你什么时候给我挖药去啊？"

"这你甭管！明天早晨来拿药。"

采药的回家了。那孩子在后边悄悄跟着，藏在采药人家门外的大树上。半夜，人们都睡了，那孩子却不敢眨眼，熬了一整夜。

天快亮时，他听到有开门的声音，只见一个人影朝北走去。那孩子急忙从树上爬下来，跟在后边。采药的人很狡猾，走几步一回头，生怕有人跟着他。那孩子也挺机灵，他远远看了一会儿，猜出采药的要到3里外的圩埂去，就凭着两条快腿，绕道儿跑到前边去等着。

采药的人果然在3里外的圩埂停下脚步。他四下一望，没一个人影，就蹲下挖药。其实，那孩子早躲在不远的小树后，盯着他呢。采药人挖出几棵药草，又怕被人看见挖了什么，就把那些药草的花和叶子揪下来，扔进河，然后回村了。

孩子等那人走远，就跑上圩埂。那里生长着各种各样的野草，哪一种可以当药呢？孩子不知道。尽管他发现地上有些窟窿，但弄不清挖药的人到底挖走了什么。后来,他想起采药人往河里扔过东西,就跳下河。孩子在河中捞了一些花和叶子,又到圩埂上对照着寻找。他找到一种叶子像手掌形状,有的开着淡红花,有的开着白花的药草。孩子就挖了一些。

回到家,母亲责备说:"你这一夜上哪儿去啦?"

儿子说:"我给您找药去啦。"

正说着话呢,挖药地送来两包药草,说:"今天吃一剂,明天吃一剂,过后,我再送来。"

孩子等他走后,把纸包打开,只见药都捣烂了,根本认不出原来的模样。他闻了闻,跟自己挖来的一个味儿。孩子就把这药放到一边,用自己挖来的药煎成汤,给母亲喝了。

过了两天,母亲的病又有些好转。

第三天,采药的又来送药。孩子笑着说:

"真对不起!我算了半天,怎么也凑不够上回说定的钱和米数。这种药太贵,我妈吃不起。你把上回吃的两剂药钱拿去,以后不要送药来了。"

采药的一听快到手的钱要飞,急忙说:"你妈不吃我这药,病还得厉害,恐怕活不过中秋节了。"

"咳!有钱治病,无钱挨命,谁让我们没钱呢!人穷没办法,只好等船沉啊!"

挖药的无话可说,拿着两剂药的钱走了。

孩子呢,每天去圩埂挖药,回家煎汤给母亲吃。吃来吃去,母亲的病全好了,也能下地干活了。

孩子认识了这种药草,却不知它的名字。后来,为了不忘母亲得过这种药草的好处,就管它叫"益母草"了。

智识库

益母草,又名坤草、益母花等,唇形科草本植物。夏季茎叶茂盛、花未开或初开时采割,晒干,或切段晒干。

性微寒,味苦辛,可去瘀生新,活血调经,利尿消肿。用于月经不调,痛经,经闭,恶露不尽,水肿尿少,急性肾炎水肿。是历代医家用来治疗妇科疾病之要药。

59

揭秘一生的中药故事

揭秘一生的中药故事

60

续 断

从前,有个江湖郎中成年走山串乡,挖药、卖药,给人治病。

有一天,郎中来到一座山村。碰巧,村里有个青年死了,家里人正抱着他号啕大哭,郎中走过去一看,青年的面色不像死人,伸手按住他的手腕,发现还有一丝脉息,便对一位哭啼的老人说:

"他是你的什么人?"

"是我儿子。"

"怎么死的?"

"发高烧突然就死了。"

"气绝多久啦?"

"有一个时辰吧。"

"别哭了,他还有救!"

"啊?那快请你救救他吧。我就这么一个儿子呀!"

郎中把药葫芦打开,倒出两粒药丹,又让人撬开青年的牙关,用水灌下去。过了一会儿,青年忽然喘息起来。郎中说:

"叫他躺两天就好了。"

老人噗腾跪下,给郎中磕了三个头,说:"你真是活神仙!这起死回生的是什么药啊?"

"这叫还魂丹。"

这件事一下子就传遍了全村。大伙儿把郎中留在村里,都纷纷求他给家里的病人看病。

这村有个山霸,开了一座生药铺。他听说走乡郎中有还魂丹,就红了眼。一天,山霸摆了酒席,请郎中吃酒。郎中来到山霸家中,问道:

"老板找我有事吗?"

"请坐,先吃酒。"

"这不明不白的酒,叫我怎么喝啊?"

山霸只好明说:"你不是会制还魂丹吗? 咱们合伙开药铺吧。"

"这……"

"我保你发财。"

"不不,这丹是祖传下来救人用的,不求赚钱。"

"那你把炼丹的方法传给我,你想要什么我都答应。"

郎中只是摇头。

山霸顿时变了脸,把桌子一拍:

"敬酒不吃吃罚酒! 哼,今日不献出丹方,我就打断你的两条腿!"

郎中冷笑道:"不管你怎么办,我的丹只给病人吃。"

山霸一挥手,几个狗腿子就把郎中架到院子里,一阵乱棒,打得郎中死去活来,浑身是血,扔出了门外。

郎中忍着疼爬到山上,挖了些药草吃下。

一个月后,郎中又出去卖药了。山霸心想:莫非没把他的腿打断? 便把打手叫来,吩咐这回一定要打断郎中的双腿。郎中又被抓了去。打手们这次打得更凶更狠,直到把郎中的腿打得断成几截,才把他扔到山沟里准备喂狼。

61

这次，郎中爬也爬不动了，只好在山沟里躺着。

有个砍柴的小伙子发现山沟里有人，急忙走过去一看，认出是好心的郎中，便问：

"你这是怎么啦？"

郎中话也说不出来了，他打着手势，让小伙子背着他走上山坡，又用手指了指一种叶子像羽毛、开着紫花的野草，意思是叫小伙子给他挖来。小伙子明白了，当时就挖了许多这种草，又把郎中背回家，把药草煎给郎中吃。两个月过去，郎中的伤又好了。他对小伙子说：

"我在这儿不能再住下去了，这接骨治伤的药草就借你的嘴传给乡亲们吧。"

两人正说着话，山霸和他的打手们又来了。山霸一看郎中还活着，便下了毒手，指使打手们杀死了郎中。

郎中死后，砍柴的小伙子就按照郎中的嘱托，把接骨的药草传给了乡亲们，并给它取了个名字叫"续断"，也就是骨头断了能再续接上的意思。不过，郎中的还魂丹却从此失传了。

智识库

续断为川续断科植物川续断或续断的根。多年生草本植物，俗称五鹤续断。

补肝肾，续筋骨，调血脉。治腰背酸痛，足膝无力，胎漏，崩漏，带下，遗精，跌打损伤等。

绿 苔

据说在三国鼎立时期,有位妇女在河边割草,不小心碰了马蜂窝,她被一群马蜂蜇得满脸疼痛。不多久眼睛鼻子都肿平了,双眼合成一条线,疼得她只好坐在路边哭泣。

正巧华佗在广陵行医,从这儿走过,看到这位大姐坐在路旁痛哭,以为她病了,急忙上前,一看方知为马蜂所蜇。可是药箱里没有治疗马蜂毒的药,怎么办呢?

他想了一想,马上叫徒弟吴普到茅房后边阴暗的地方寻了些绿苔。华佗很快把绿苔揉碎,敷在那位妇女脸上。一敷上,她就说感到阵阵阴凉,不那么痛了。几天后那妇女的脸就好了。回去后吴普不明白为什么绿苔能治蜂毒。于是华佗就给他讲了发现绿苔能治蜂毒的理由。

有一年夏天,华佗在屋巷口纳凉,看到一只蜘蛛正在巷口结网,忽然空中飞来一只大马蜂,它没看到蜘蛛结的网,径直飞过去落在蜘蛛网上。蜘蛛爬过来,伏在马蜂身上,想吃马蜂肉,被马蜂蜇了一下,蜘蛛缩成一团,肚皮肿了起来。

后来,蜘蛛从网上挂下来,落在绿苔上打了几个滚,把肚皮在绿苔上擦了几下,肿胀的肚皮就消肿了。它重新爬上网去吃马蜂,又被马蜂蜇了一下,蜘蛛又跌下来趴在绿苔上面滚了几下,擦了几擦,再爬上网跟马蜂斗。这样上下往返了三四次,后来终于把马蜂吃掉了。华佗就想马蜂毒属火,绿苔属水,水能克火,所以绿苔能治蜂毒。于是据此推想出了用绿苔治蜂毒的验方。

揭秘一生的中药故事

菟丝子

有一个财主很喜欢养兔子,什么白玉兔、黑毛兔、灰毛兔……他都有。这个财主还专门雇了一名长工给他养兔子,并规定,死一只兔子扣掉四分之一的工钱。

有一天,长工失手一棍,把一只白玉兔的腰脊打伤,白玉兔躺在地上跑不动了。长工生怕财主扣工钱,就偷偷把那只兔子藏在了黄豆地里。可财主还是发现少了一只兔子,非逼长工赔不可。长工没办法,只好来到黄豆地,想把受伤的兔子抱回去。

这时,他看见那只白玉兔正在黄豆地里东钻西钻地寻找着什么啃吃着。长工很奇怪,明明把它的腰打伤了,怎么可能没死呢?长工急忙去捉,那只兔子又蹦又跳,跑老跑去,费了九牛二虎之力,才捉住。长工仔细一看,兔子一点儿也不像受过伤的样子。长工越想越奇怪。

后来,在好奇心的驱使下,长工故意打伤一只灰毛兔扔进黄豆地。过了几天,他看见灰毛兔的伤也好了。

长工回家把这件怪事告诉了爹。他爹曾经被财主打伤了后腰,已经在床上躺了好几年了,一听这事,忙对儿子说:"你再去试试,看兔子吃了啥东西,说不定是'接骨丹'呢。"

65

揭秘一生的中药故事

长工按照爹的吩咐，又打伤一只兔子，放在黄豆地。这回，他自己站在一边看着。只见那只受伤的兔子，无法爬起来走动，连高处的黄豆叶子也够不着，只好伸着脖子啃那些缠绕在豆秸上的一种野生黄丝藤的种子。一天两天，三天四天，兔子的腰伤就这么养好了。长工便采了一些黄丝藤和它的种子，回家交给爹。

老头看了看，说："这是黄豆地里的一种杂草。这种草缠来缠去，会把大片大片的黄豆缠死，难道会是什么'仙草'不成？既然能治兔子的腰伤，没准儿也能治人的。你快去多采些回来，给我煎汤吃吃看。"

儿子从黄豆地里采了很多黄丝藤的种子，他爹喝了这种自制的汤药，没几天就从床上坐起来；又过几天，可以下地走动了；两个月后，老头儿竟能干农活儿了。这样，爷儿俩断定这种黄丝藤的种子可治腰伤、腰疼。

长工干脆不给财主养兔子了，他专门采药、制药，当上了专治腰病的医生。有腰损腰伤的人，纷纷上门求医。后来，人们问起这种药草叫什么名字，他想这种草首先治好的是兔子，就叫"菟丝子"吧。

"菟丝子"就这样得名。后来，有人在"兔"字上加了草头，写成了"菟"字。

揭秘一生的中药故事

智识库

菟丝子药用为双子叶旋花科植物菟丝子或大菟丝子的种子。菟丝子为无根无叶寄生性一年生草本，常寄生于蔓菁或马鞍藤上。茎细长，丝状，光滑，黄色。叶退化，细小卵形，薄膜质的鳞片叶。白色的小花在夏天开放。蒴果,扁球形。性温,味甘。滋补肝肾,固精缩尿,安胎,明目,止泻。用于阳痿遗精、尿有余沥、遗尿尿频、腰膝酸软、目昏耳鸣、肾虚胎漏、胎动不安、脾肾虚泻;外治白癜风。

揭秘一生的中药故事

蛇床子

从前，有个村子流行一种怪病，病人的汗毛孔长鸡皮疙瘩，痒得人不停地搔抓，有时抓得鲜血淋淋还不解痒。这种病还传染得很快，不要说穿病人的衣服、躺病人的床会染上病，就是病人搔抓时飞起来的碎皮落在没染病的人的肉皮上，没染病的人也会犯病。没过几天，全村的人都被传染了，吃什么药、抹什么药也不济事。后来，一个医生说：

"在百里之外有个海岛，听说那岛上有一种长着羽毛样叶子，开着伞一样花的药草，用它的种子熬水洗澡，可以治这种病。不过，谁也没有办法采到它，因为岛上全是毒蛇。"

大伙听了，只好叹气。

有个青年心一横，背上干粮，划船出海了。但他走了很久，也没回来。

接着又有一个青年去岛上采药，可他离开村子后，也同样失去了音信。

这两个人大概全喂了毒蛇，因此，人们全都打消了去蛇岛采药的念头。可是，痒劲儿一上来，真让人受不住，搔来抓去，有的人抓破皮肉露出了骨头；有的人伤口流脓，变成了大疮。眼看全村人都在受这

种怪病的折磨,第三个青年咬咬牙说:

"我非把药采回来不可!"

老人们劝他说:"算啦,身子犯痒强忍着吧,要去蛇岛可就没命了!"

青年说:"事在人为,我就不信没办法治服毒蛇!"

他离开了村子,但没直接就去海岛,而是先在各处寻访哪些能治蛇的能手。

有一天,青年来到海边的一座大山,山上有座尼姑庵,庵里有个一百多岁的老尼姑。人们传说,老尼姑年轻时曾到蛇岛上取过蛇胆配药。青年就找到尼姑庵,问老尼姑用什么办法能上蛇岛。

老尼姑说:"毒蛇虽然凶恶,却怕雄黄酒。你在端午节这天的午时上岛,见着毒蛇就洒雄黄酒,毒蛇闻着雄黄酒味都会避开你。"

青年谢过老尼姑,带上雄黄酒出海了。他把船划到蛇岛附近抛下锚,一直等到端午节正午时才靠岸。只见岛上处处是蛇,有黑白花的,有带金环的,有几尺长的,也有碗口粗的。青年一面走着一面洒着雄黄酒,毒蛇一闻到雄黄酒味儿,果然都盘住不动了。他急忙从毒蛇的身子底下,挖了许多羽毛叶子、伞一样花的野草。

这位青年,终于活着回来了。他不但找到了用雄黄酒制服毒蛇的好办法,还为乡亲们采回了治病的药草。他把药草的种子煎成水,让村里的人洗澡。人们洗过几次,病全好了。

后来,大伙把这种草种植在村边,用它做治癣疥、湿疹的药。因为这种药草最早是从毒蛇的身子底下挖来的,所以叫它"蛇床",它的种子就叫"蛇床子"了。

揭秘一生的中药故事

智识库

揭秘一生的中药故事

蛇床子又叫蛇米、野胡萝卜子、野茴香,为伞形科蛇床属植物蛇床的果实。生于田野、河边、路旁等潮湿之地,全国各地均有分布。夏秋果实成熟时采集,晒干备用。

味苦辛,性温、归脾肾二经。温肾补阳,燥湿,祛风,杀虫。用于阳痿,宫冷,寒湿带下,湿痹腰痛;外治外阴湿疹,妇人阴痒,滴虫性阴道炎。

野马追

"野马追"是一种治疗伤风咳嗽、气管发炎的良药。提起"野马追",这里面还有个十分动人的故事呢!

话说 1939 年春末,抗日战争进入最艰苦的岁月。罗炳辉司令员率领一支新四军队伍,从皖南冲破敌人的重重封锁,渡江北撤,路过盱眙山区。在十分艰难困苦的情况下,又遭受瘟疫的传染,先是几匹战马患肺炎死去,后来,跟随首长多年、屡立战功的枣红马也染上重病,草料不进,奄奄一息。当时行军任务紧急,老马还没有断气,大家都不忍心把它埋掉,更不忍心让它被敌人逮去活活宰掉,便把它抬到草木丛生的荒草山之中隐蔽起来……

哪知事隔不久,盱眙山上忽然闹起"鬼"来,吓得人们不敢上山打柴,敌人也不敢再搜山了。传说有人看到:每天傍晚,总有一匹枣红神马昂头竖尾,从天上飞奔下来。据说一天深夜,敌人正在山里睡觉,神马钻进敌人营房,又是踢人,又是咬人,吓得熟睡的敌人乱成一团,相互开枪,连夜逃下山来。从此一到天黑,敌人就不敢上山活动了。

半月之后,罗司令率领着部队又打了回来。谁也没有想到,这匹枣红马竟然意外地归队了。是谁把这匹战马治好的呢?当时正是肺炎蔓延、严重地威胁着人畜生命安全的时候,罗司令决定:迅速找出枣红马康复的原因。

老饲养员和几名战士尾随着枣红马到了山上,他们一边走,一边细心观察,发现枣红马爱吃一种零星散草。便把这种野草放在嘴里嚼嚼,感到奇苦无比。随后又发现枣红马睡过的地方,这种野草都给它吃去了半截,大家心里明白了。于是立即向首长汇报,并弄来一些给其他病马吃。几天之后,病马果然好了。人们欢喜若狂,奔走相告,大家一起动手去采草,制成药,给战士们治病。不久战士们都恢复了健康。

于是人们便纷纷上山采集这种野草,制成药剂,为人畜消除了肺炎瘟疫。因为这种药是追野马时发现的,所以就把这种药草称为"野马追"。

智识库

野马追为菊科植物。别名尖佩兰、佩兰、白头婆。多年生草本,高1~2m。根茎短。茎上不分枝,淡褐色或带紫色,散生紫色斑点,被柔毛,幼时尤其密。叶对生,全裂成3小叶状,裂片披针形;无叶柄。头状花序排成伞状;总苞钟状,淡紫色。瘦果有腺点,无毛。花果期8~11月。生于湿润山坡、草地、溪旁。主产:江苏,多为栽培。秋季,花初开时采割,晒干。

含挥发油、生物碱、香豆素、金丝桃苷。性平,味苦。化痰,平喘。用于慢性支气管炎、痰多咳喘。

麻沸散

一天，一个妇女抱着孩子来找华佗就诊，孩子头上长了一个怪疮。华佗一看，觉得吃药、扎针都无效，只有开刀割除最好。华佗征得孩子母亲的同意，便动手开刀。刀刚入肉，孩子已经疼得昏过去了。华佗看了，心里十分难过，他想：如果有一种药，能使病人开刀不知痛，那多好呢？可是，他想了好几年也没有想出来。

有一天，一个狂生喝醉酒，跌倒在山上，正巧竹签戳进眼睛里，别人把他抬来请华佗治疗，华佗开刀把他眼睛里的竹签取了出来。第二天，华佗问狂生："我给你开刀，你可觉得痛？"

"酒醉如人死，酒喝醉了，痛也不觉得。"

"'酒醉如人死'？……"华佗一听，心中亮起来了：病人醉后开刀，便可减少痛苦。但他还不放心，便决定自己试试看。

晚上，华佗一边喝酒，一边对徒弟吴普说："等我喝醉后，你在我腿上割蚕豆大一块肉下来。"吴普吃惊地问："这做什么？""你别管，你照我的话去做好了。"吴普一向尊重师傅，便照他的话做了。第二天，华佗酒醒，笑得跳了起来，连声说："果然不错，果然不错。"从此，华佗便用这个办法来给病人开刀，把它叫作"沉醉法"。

"沉醉法"试用了一个时期，华佗觉得不理想，动大手术人还感觉痛。他又苦思冥想起来,但总是想不出更好的办法。

有一天,一个妇女带着孩子来请华佗治病。华佗一看,只见男孩嘴流清涎,眼泪汪汪,不能说话。华佗认为这孩子中了毒,就给他吃清热解毒的药。那孩子吃了药,不多一会,就开口说话了。华佗问他:"你吃了什么东西?"孩子说:"我在荒草地里挖野果,挖到蛋大的一块东西,刚吃了一口,舌头根就发麻,不能说话了。"华佗一听,很感兴趣:"在什么地方?你快带我去看看。"孩子带着华佗到荒草地去挖了一个,华佗亲自尝一尝,果然舌根发麻,半晌不能说话。嗨,能起到麻醉作用。华佗便把这药命名"麻药草"。麻药草用了一段时间,效果很好,可惜就是麻醉时间短,还不能完全解除病人的痛苦。

有一次,华佗到乡下行医,碰到一个奇怪的病症:病者牙关紧闭,瞪着眼;口吐白沫,手攥拳,睡在地上不动弹。华佗上前看看神态,按按脉搏、摸摸额头体温,一切正常。又问病者过去有过什么疾病。病人家里的人说:"他身体非常健壮,什么疾病都没有,就是今天他误吃了几朵臭麻子花(又名洋金花),才得了这样的病。"

华佗听了忙说道:"快找些臭麻子花拿来我看。"

病人家的人就连忙把一棵连花带果的臭麻子花送到华佗面前,华佗接过臭麻子花闻了闻,看了看,又摘朵花放在嘴里尝了尝。顿时觉得头晕目眩,满嘴发麻:"啊,好大的毒性呀!"

华佗摸清了得病的原因,就对症下药,用清凉解毒的办法把病者救了过来。华佗临走时,什么也没要,就要了一捆连花带果的臭麻子花。

华佗把臭麻子花背到家,高兴地对老婆说:"这回我找到了能麻醉人的草药了。"

他老婆一看说:"嘿,我说你得了什么宝贝呢?原来是臭麻子花,有什么稀罕,这东西我娘家庄前屋后到处都是。"

华佗说:"那好呀,你赶快到你娘家去尽快地再多收一些臭麻子花来,给我配制麻醉药用。"

他老婆听了把嘴一撇说:"你今个尝试,明个配制,也不知你哪一天能把麻醉药配制好啊!"

华佗听了笑笑说:"'世上无难事,就怕有心人。'只要我不死,我一定要把麻醉药配制出来。"

就从那天起,华佗又开始对臭麻子花进行尝试。他先尝叶,后尝花,然后再尝果根,试验结果,要数臭麻子果的效力最好。

又有一天,华佗上山采药,见猎人抬只死虎下山,虎嘴上还横穿着一支长箭。华佗问道:"这么大的老虎,怎么打死的?"猎人指着箭说:"是用毒箭射死的。"华佗伸手去摸箭,猎人忙上前拦住说:"箭头上有麻药,危险!"麻药!华佗想:"什么样的麻药能把老虎麻死呢?"为了弄清麻药的根源,华佗跟猎人交起了朋友,两个人相处很密切。有一天,华佗问猎人:"麻药是几味什么药制成的?"猎人终于告诉了他:"是用曼陀罗种子、草乌、天南星制成的。"华佗听了很高兴,把这几味麻药和酒拌成散剂,取名"麻沸散"。

从此,华佗无论是给人破腹、锯腿,还是截手,他都先让病人喝麻沸散,失去知觉后,再开刀动手术。这样,病人的痛苦就减少了很多。

曹操有偏头痛的病,发作时疼痛难忍。曹操请来华佗治病,华佗告诉曹操,先服下"麻沸散",然后切开头颅,把致病的"疯痫"取出即可。在华佗看来,这是一个"小手术"。但是,曹操怀疑华佗借机谋害自己,所以拒绝治疗,并把华佗投入大牢直至困死牢中,自己也因耽误了治疗而不久死去。"麻沸散"的配方,因华佗的牢狱之灾而失传,很是可惜。

紫　苏

九月九日重阳节，一群富家子弟在酒店里比赛吃螃蟹。一只只大螃蟹肉又多油又黄，他们越吃越香。吃空的蟹壳竟在桌上堆成了一座小山。

华佗带着徒弟，也到这儿来饮酒。他看到那伙少年比赛吃蟹，便好心地劝说道：

"螃蟹性寒，不可多吃。年轻人，你们比赛吃螃蟹可没有好处。"

少年们很不高兴："我们吃的是自己花钱买的东西，谁听你的管教！"

华佗说："吃多了准会闹肚子，那时候可有生命危险啊！"

"去去去，别在这儿吓唬人！我们就是吃死了，又关你屁事！"

这些醉醺醺的少年根本不听劝告，继续大吃大喝。有的还嚷道：

"螃蟹是美味，谁听说过能吃死人？咱们放开肚子吃咱们的，馋死那个老头子！"

华佗看他们闹得实在不像话，就对酒店老板说："不能再卖给他们啦，会闹出人命的。"

酒店老板正打算从那伙少年身上多赚些钱哩，哪里听得进华佗的话？他把脸一板，说："就是出了事也不关你的事呀。你少管闲事，别搅了我的生意!"

华佗叹息一声,只好坐下吃自己的酒。

等到半夜,那伙少年突然大喊肚子疼,有的疼得直冒汗,有的翻倒在桌下打滚儿。

酒店老板吓呆了,急忙问:"你们这是怎么啦?"

"疼坏了,快帮我们请个医生来吧!"

"这半夜三更的,让我上哪儿请医生去?"

"求求老板行个好,医生再不来,我们的命就难保啦!"

这时,华佗走过来说:

"我就是医生。"

"呀!"少年们大惊失色:这不是那位不让他们多吃螃蟹的老头儿么?他们也顾不得什么面子了,一个个捧着肚皮,哀求道:"先生,请你给治治吧!"

"你们刚才不是说不让我管吗?"华佗说。

"大人不记小人过。求先生发发善心,救救我们。您要多少钱都好说。"

"我不要钱。"

"那您想要别的也行。"

"我要你们答应一件事!"

"别说一件,一千件一万件也行。您快说什么事吧?"

"今后,你们要听从老人的劝告,再不准胡闹!"

"一定,一定。您快救命!"

华佗让他们等着,自己带着徒弟到荒山野外,采了些紫草的茎叶回来,煎汤给少年们喝下。过了会儿,他们的肚子都不痛了。华佗问:

"喝了这药,觉着怎么样?"

揭秘一生的中药故事

"舒服多了。"

少年们千恩万谢，告别华佗，回家了。华佗又对酒店老板说：

"好险啊，你以后千万不能光顾赚钱，不管人家性命啊！"

酒店老板连连点头。

华佗离开酒店，徒弟问道：

"这紫草叶子解蟹毒，出在什么书上？"

华佗告诉徒弟说书上并没有，这是他从动物那儿学来的。

原来有一年夏天，华佗在江南的一条河边采药。他看见一只水獭逮住一条大鱼。水獭吞吃了很长时间，把肚皮撑得像鼓一样。它一会儿水里，一会儿岸上；一会躺下不动，一会来回折腾。看起来，这水獭难受极了。可是后来，它爬到岸边一片紫草旁边，吃了些草叶，又躺了会儿竟没事了。华佗心想，鱼类属凉性，紫草属温性，紫草准可以解鱼毒。从此，他便记在了心上。

后来，华佗还把紫草的茎叶制成丸和散。他又发现这种药草还具有表散的功能，可以益脾、利肺、理气、宽中、止咳、化痰，能治很多病症。

本来，因为这种药草是紫色的，吃到腹中很舒服，所以，华佗给它取名叫"紫舒"，可不知怎的，后来人们又把它叫作"紫苏"了——这大概是音近的缘故。

78

智识库

紫苏别名赤苏、白苏、香苏等，唇形科一年生草本植物。原产我国，多为药用或作蔬菜食用。其全株具有特殊浓香味，叶、梗、子均可入药。叶片多皱缩卷曲、破碎,边缘具圆锯齿。两面紫色或上表面绿色,下表面紫色,疏生灰白色毛,下表面有多数凹点状的腺鳞。叶柄长 2～7cm,紫色或紫绿色。嫩枝直径 2～5mm,紫绿色,断面中部有髓。气清香,味微辛。

性温,味辛。解表散寒,行气和胃。用于风寒感冒、咳嗽呕恶、妊娠呕吐、鱼蟹中毒。

79

揭秘一生的中药故事

葛 根

在一处深山密林中，住着一位挖药老人。一天，他听见山下人喊马叫，不知出了什么事，就伸长脖子往山下看。过了会，跑来一个十四五岁的男孩子。男孩子攀石绕树，直跑到老人面前，"噗腾"一声便跪了下来。老人吓了一跳：

"哎呀，有话好说，你这是怎么啦？"

孩子连连磕头，说："老爷爷，快救救我吧，他们要杀我！"

"你是谁呀？"

"我是山外葛员外的儿子。"

"谁要杀你？"

"朝里出了奸臣，诬陷我爹'私自屯兵、密谋造反'。昏君信以为真，传下圣旨，命官兵把我家围住，要满门抄斩。我爹对我说：'葛家就你一根独苗，如果你也被杀，咱家就断了后。快跑吧，日后长大，能报仇就报仇，不能报仇也算留下来一条根了。'我只好离家逃出。谁知又被官兵发现，他们正在后边追呢！求老爷爷开恩啊，救我一人，就是救了葛家一门哪！"

老人心想，这葛员外世代忠良，理该救他的儿子。可是，追赶的人马喊声震天，越来越近了，怎么办呢？他往后山看看，说：

"快起来，跟我走。"

男孩子跟着老人到了深山的一个秘密石洞，藏在里边。

官兵追上山，上上下下，足足搜了三天，也没见那孩子的影儿，只好收兵回去了。

这时，老人带着孩子出了洞。老人问：

"你有地方去吗？"

孩子哭道："我全家被抓，恐怕还要灭门九族，还能去投奔谁呢？老爷爷救了我，我愿意终身侍奉爷爷。您百年之后，我就披麻戴孝。不知您老人家愿不愿收留我？"

老人说："行啊，就跟我过日子吧！不过，我是个采药的，每天得爬山越岭，可不像你在家当大少爷那么舒服。"

孩子说："您放心，只要能活命，什么苦我都能吃。"

从此以后，葛员外的儿子就跟着老人每天在山上采药。这位老人常常采一种草，那种草的块根主治发热口渴、泄泻等病。

几年过去，采药老人死了。葛员外的儿子学会了老人的本事，也专门挖那种有块根的药草，治好了许多的病人。但那种药草一直还没名字。后来，有人问这草叫什么？葛员外的儿子想到自己的身世，就说：

"这叫'葛根'。"

所谓"葛根"，就是说葛家满门抄斩，只留下了一条根的意思。

智识库

葛根为豆科植物野葛的根。秋、冬季采挖，趁鲜切成厚片

81

揭秘一生的中药故事

或小块，晒干。外皮淡棕色，有纵皱纹，粗糙。切面黄白色。质韧，纤维性强。无臭，味微甜。

性凉，味甘、辛。能解表退热，生津，透疹，升阳止泻。用于外感发热头痛、高血压、颈项强痛、口渴、消渴、麻疹不透、热痢、泄泻。

蒲公英

从前,有一员外家的小姐 16 岁时忽然得了奶疮,又红又肿,疼得她坐立不安。可是,小姐害羞,不愿让别人知道,一直咬牙强忍着。

后来,贴身丫环发现了,急忙告诉了老夫人。

老夫人问明病情,脸色一变:没听说未出嫁的姑娘害奶疮的呀,莫非她做出见不得人的事了吗?想到这儿,老夫人把丫环揪过来,先劈面打了两个嘴巴,接着拷问道:

"小姐怎么会得这种病的?说!小姐都上哪儿去啦?跟什么人来往过?"

丫环莫名其妙:"小姐连大门也没出过,哪会跟外人有过往来呀?"

老夫人一见问不出名堂,又跑上后楼,戳着小姐的鼻梁骂道:

"你这不要脸的东西!单单害这种见不得人的病,真给爹妈丢人哪!你……"

小姐听出母亲话中有话,对自己犯了疑心,又羞又气。可是,她又无法说清,只好闷着头哭。

这天晚上,夜深人静时,小姐看到丫环睡了,一个人越想越心窄:自己害病,疼痛难忍;母亲疑心,指桑骂槐。再说,就是请来医生,一个大姑娘家怎么好解怀让人家看呢?想到这里,她一横心,悄悄下了床,

揭秘一生的中药故事

从后花园的小门走出去,跑到门前的小河边,一头便跳了下去。这时,正好河边靠着一条渔船,船上有个姓蒲的老渔夫正和他的女儿趁着月光在撒夜网呢。他们看见有人跳河,赶快把船划过来。渔家姑娘识水性,来不及脱衣就下了河,把跳水的人救到船上,仔细一看,原来是位与自己年岁相仿的小姐。她便找出自己的衣裳,替她换上。这时,渔家姑娘发现了小姐的奶疮,就告诉了父亲。

老渔夫想了想说:"明天你给她挖点药去。"

第二天,渔家姑娘按照父亲的指点,从山上挖回一种有锯齿长叶、长着白绒球似的野草,熬成药汤,给小姐喝了。过了些日子,小姐的病就好了。

员外和夫人听说小姐投河自尽后,知道冤屈了女儿,真是又悔恨又着急。他们派人到处寻找小姐,一直找到渔船上。小姐哭着告别了渔家父女。老渔夫让小姐把剩下的药草带着,嘱咐她再犯时煎着吃。小姐给老渔夫磕了三个头,回家去了。

后来,小姐叫丫环把药草栽到花园,为了纪念渔家父女,她给这种草取了个名字——"蒲公英",因为老渔夫姓蒲,他的女儿叫蒲公英。从此,蒲公英治奶疮的事就传开了。

84

揭秘一生的中药故事

智识库

蒲公英别名黄花地丁、婆婆丁、奶汁草。菊科。多年生草本,高 10～25cm,含白色乳汁。根深长,单一或分枝,外皮黄棕色。叶根生,排成莲座状,狭倒披针形。花茎比叶短或等长,结果时伸长,上部密被白色珠丝状毛;头状花序,舌状花鲜黄色。瘦果倒披针形,土黄色或黄棕色,生白色冠毛。花期早春及晚秋。生于路旁、田野、山坡。产于全国各地。春至秋季花初开时连根挖出,除去杂质,洗净,晒干,全草入药。

性寒,味苦、甘。清热解毒,消肿散结,利尿通淋。用于乳痈、瘰疬、疔疮肿毒、咽痛、肺痈、肠痈、目赤、湿热黄疸、热淋涩痛。

揭秘一生的中药故事

藜芦

"藜芦"是一种有毒的野草,连牛羊也不食。后来怎么列入中药了呢？其中有一段故事。

有一户人家的小儿子得了"疯魔病"(羊痫风)。有时一年一发,有时一月一发,有时一月发几次。发病时的情形也不一样,有时昏倒在地,不省人事;有时口吐白沫气喘吁吁;有时神志不清胡言乱语;有时打人骂人连摔带砸……一个疯儿处处惹祸,全家人都恨他不死。

有一天,全家都在气头上,老大说:"咱家这个疯子真可恶,他毁坏了人家东西咱得赔,假使今后打死人,要谁为他去抵命呢？"老二也说:"是啊,养这么个害人精,还不如没有强！干脆把他弄死吧！"老头老太太虽不忍心弄死亲生儿,可拗不过两个大儿子,只好推手不管。老大对老二说:"田埂上有毒藜芦,煎汤给他喝。"老二说"好吧,明天我去弄些来！"

这天疯老三又发病了。老大老二把他捺倒,老大用剪刀把嘴撬开,老二灌草汤,一连灌了三碗。疯老三在地下躺着不动,家里人认为他已经死了。

谁知老三躺了一会,忽然呕吐起来,先吐清水,后吐浓痰,吐了一大滩,老大和老二怕他把药全吐光,就重又把他捺倒再灌了三碗。这三碗毒草药水灌下肚,老三吐得更凶,吐到最后,连胆汁也吐出来了。可他吐完以后,神智忽然清醒了,自己爬起来舀水洗嘴,拿碗上锅盛饭,吃罢饭,又扛上锄头下地锄田,一点儿病样儿也没了。

家里人都很奇怪,为什么没把老三药死,却把疯病医好了呢?莫非藜芦能治疯病吗?

后来,另一家有人也得了这种病。这家人就挖藜芦给他治,结果真给治好了。从此以后,藜芦就被列为专治疯病的中药。

智识库

藜芦为百合科多年生草本植物黑藜芦或天目藜芦的干燥根及根茎。

本品大毒,内服催吐风痰,宣通壅滞,适于风痰癫狂;外用杀虫疗癣,可治疥疮。

揭秘一生的中药故事

马 勃

据说马勃原来是个放猪娃的名字。

有一年夏天，马勃和几个孩子到荒山上打猪草。有个孩子不小心腿肚子被树枝划破了，鲜血直流。那孩子疼得直叫唤，别的孩子也吓慌了。马勃却说："别哭，你把伤口按住，等我给你治。"他在山坡上东转西转，找到一个灰褐色的灰包，马勃把灰包往孩子的伤口上一按，然后用布条扎紧，便把他背回了家。

过了三天，那孩子揭开一看，伤口不但没化脓，而且长出新鲜的嫩肉来；再过两天，伤口全好了。

于是大人们问马勃："你小小年纪，怎么知道那东西止血？"

"你们看，"马勃卷起裤脚，露出一道伤疤，"这就是大灰包治好的。"

"谁教你的？"

"我自己。"马勃说。原来有一回在山上砍柴，一没留神，腿被刀砍了，血流不止，他看见身边有个大灰包，急忙用它按住伤口，当时就止住了血。过了几天，伤口就长好了。以后，不管手剌破了，还是腿碰了皮儿，他都去找大灰包，用它来治。

从此以后，人们就传开了，凡有外伤的就找马勃；找不到马勃的，就到山上找大灰包。日子一久,"马勃"便成了大灰包的名字。

人们渐渐发现,它不但可以止血,还能清肺、解热、利咽。由于它的用途越来越多,后来就成了一味有名的中药。

智识库

马勃为马勃科马勃菌的子实体。马勃性平,味辛,有清热解毒、清脑利咽的功效,传统上多用于热邪火毒郁滞所致的咽喉肿痛、咳嗽失音、肺热咳嗽等症。

89

揭秘一生的中药故事

乌鸡白凤丸

华佗为了充实自己的医学知识,掌握医术本领,到处访疾问病。

有一年,华佗在徐土(今徐州)游学行医。他堂兄用小车把他母亲推来了。华佗见母亲年老病危,行动喘息,说话气短,四肢无力,心里十分焦急。华佗母亲拉着儿子的手,不禁泪流满面。华佗为了安慰母亲,便把他在外边苦求医学的经过说了一遍。他母亲听了十分高兴,说:"儿呀!只要你能学到治病的本事,为贫苦人家治好病,娘在'九泉'之下也就瞑目了。现在我已年老,又病成这个样子,想在临死之前再见你一面,就请你堂兄把我送了来,咱娘儿俩说几句话,娘就安心了。"华佗一听,伤心地哭了起来,含着眼泪把母亲的病仔细诊查一遍,见脉沉迟无力,生命危在旦夕,立即用人参煎汤给母亲喝,病情略有好转;但一停药,病又加重了。华佗见此情形说:"母亲,您抱病前来看望孩儿,孩儿未能尽孝,心中实在难过。先请堂兄送您回家,带点药路上吃,孩儿把几个病人安排一下,随后即回。"母亲有气无力地说:"我也知道自己不行了,如死在外面也会难为你。你快把病人安排安排,不要耽误了人家的病,这是做医生的道德。"

华佗转身对堂兄说道:"我母亲气色不好,估计不出三天,将要去世,请你路上小心照顾。我已准备好人参汤和急救药,路上代茶饮用,以防中途去世,我随后就赶回。"

华佗含泪送走母亲后,忙把尚未治愈的病人,安排停当,第二天起早就回家了。走了一天一夜回到家,看到母亲不但没死,反而能坐起来说话,华佗惊喜交加,心中不由疑惑起来:这是怎么回事呀? 难道我诊断有误?

随即他问堂兄:"你在路上给母亲吃过什么东西?"

堂兄想了一会儿说:"在回来的那天晚上,我们住在一个小庄上,婶娘想喝口鸡汤,我买来一只公鸡,借个锅熬了些汤。我把带来的人参汤和急救药放在鸡汤里一煮,让她老人家喝一碗,她感觉很舒服,半夜又喝了一碗,第二天早上,温热后又给老人家喝了。回到家,老人就感到病好了许多。"

华佗问堂兄买的鸡是什么样的。堂兄说白毛、凤头、皮肉都是黑的。

华佗听罢,心想:白毛、黑皮、黑肉,头上羽毛如凤。难道是它起的作用? 他马上上街买了一只白毛黑皮的凤头鸡,按原法煮给母亲喝,没几天母亲的病就好转了。后来,华佗又用此法,治好了许多患同样病症的人。

华佗把此汤命名为"九户鸡汤",后来人们又发现用"乌鸡"配合其他一些滋补药品治病的方法,经过实验制成丸药,专治妇女病,于是便取名为"乌鸡白凤丸"。

智识库

乌鸡白凤丸是由乌鸡(去毛和内脏)、鳖甲、牡蛎、鹿角胶、黄芪、人参、香附、当归、白芍、生地、熟地、川芎、丹参、山药、甘草等 20 余种中药组成。方剂中乌鸡是主药,具有养阴、补血健脾的功能。能治疗肺结核、糖尿病、慢性腹泻、慢性痢疾、遗精、带下、月经不调、崩漏、产后虚弱等症。

六神丸

从前，上海有个叫雷允上的孤儿，家里很穷。小时候靠讨饭为生；长到十三四岁就到船上拉纤。后来雷允上积攒了一小笔钱，买些日用杂货，挑起货郎担做小生意。雷允上为人老实厚道，处世谦恭和气。他卖货薄利多销，生意越做越兴隆，渐渐成了上海的富户。

雷允上发迹后，不忘自己经历过的苦难生涯。有一年，江南大旱，粮食歉收，饥民成群结队涌入城镇。上海也涌进了不少饥民。雷允上叫伙计支起几口大锅，昼夜煮粥，舍饭舍衣，赈济饥民。

这一天，天近二更，饥民们也陆续散去，伙计收拾好锅碗瓢勺闭上大门正要去睡，猛听大门被人敲得"咚咚"响，忙走过去问："谁何事敲门？"只听门外一老公答："我是来吃舍饭的。"伙计说："今天舍饭已舍完了，明天早点来吧。"老公恼怒道："我上了年纪，腿脚不便，起早走到这里，误了时辰，不给我饭吃，想让我饿死不成！人家都说雷允上是个大善人，原来也是个假善人呀！"

伙计见老公动了气，赶忙开门，把老公请进院里，好言劝道："我们雷掌柜是真心行善，因为他独生公子患喉症，嗓子肿疼，水米不进，已四五日了。多次求医服药，全无效验，眼看性命难保。就这样，雷掌柜怕喧闹，所以早点歇息了。"

老公闻言把眼一瞪,吼道:"他那儿子就金贵?就得把我饿死!他不是假善人是啥?"伙计们怎么劝也劝不住。

雷允上正在里屋照料儿子,听见前院吵嚷,忙起身来到前院,问过伙计后,上前给老公赔笑施礼道:"老伯伯请息怒,到客厅叙话。"老公一见雷允上,怒气全消,笑呵呵地说道:"好、好、好,雷善人果真名不虚传哪。"

雷允上一边陪着老公往客厅走,一边吩咐伙计去厨房预备饭菜。两人在客厅喝了几杯茶,伙计把做好的饭菜端上来。老公也不客气,抄起碗筷就大吃大喝起来。吃完饭,也不道谢,起身告辞道:"老汉向来不白吃人家的饭,今夜打扰掌柜,无物可赠,闻令郎患喉症日久,治疗无效,今我说一药物,服后即愈!"说罢,用食指沾着茶水在方桌上写下"珍珠"二字,也不等雷允上相送,飘然出门,转眼不见。雷允上惊得目瞪口呆,半晌说不出话。正在这时,忽见伙计前来禀报,外面又来一瘸腿老公,要讨饭吃,雷允上又吩咐伙计去厨房做饭,亲自到门前迎接。瘸腿老公饭饱茶足之后,也不道谢,又用指头沾水写了"牛黄"两个字,抽身出门去了。

94

就这样,一个刚走,一个又来,到午夜时分,共来了六人,说了六种治喉的药物。雷允上性本聪敏,寻思今夜之事,绝非巧合,必是自己善行感天,天降神仙搭救。忙将六位神仙所写药物记下,这六味药是:珍珠、牛黄、麝香、雄黄、冰片、蟾酥。第二天一早,雷允上命伙计持药方去药店抓回药,煎熬后让儿子服下。这药水一入喉,顿觉一阵清爽,肿痛渐消,便能张口说话;服药二剂,公子便能吃喝。

儿子病愈,雷允上十分欢喜。他想自家有钱治病,儿子还险些送命,那些无业穷人得了喉病,无钱医治不知要死亡多少!天赐良药,理应广施天下。他把自己的心事说出,全家人皆拍手称道。于是他便拿出数千两白银,购置药物研末制丸。因此药方系六位神仙所传,故定名"六神丸",凡因患喉症、烂喉痧、乳蛾肿疼而登门求药者,一概施舍,分文不取。后来他专门开设药厂,制造六神丸,在各地设点出售,只收取成本费。那时盛六神丸的药瓶,是用牛角刻制而成,上刻"六神丸"三字,下注"上海雷允上制",以防冒充。雷允上去世后,雷家子孙按方制药,药瓶上仍注明"上海雷允上制"。如今"六神丸"因其疗效显著,早已誉满中外了。

智识库

六神丸,是家庭常备良药之一。它主要由牛黄、麝香、蟾酥、雄黄、冰片、珍珠六味药组成,具有清热解毒、消肿止痛等功效,常用于咽喉肿痛、扁桃体炎、口舌糜烂、牙根周围发炎及痈疽疮疖、无名肿痛等症。近年来,通过药理研究,发现六神丸还有强心、抗惊、镇静与增强免疫力等作用。然而,如果滥用六神丸,极易招致不良反应,应在医生指导下或按照说明书使用。

揭秘一生的中药故事

望月沙、夜明沙、蚕沙

江南有一户山里人家，父子俩终年在外做生意，家里只剩下婆婆和儿媳。婆媳二人经常吵架，日子过得别别扭扭。

有年夏天，媳妇害了"火眼"，两只眼肿得像一对烂桃儿，眼睫毛被粘住，瞳孔羞光睁不开眼睛，只好一天到晚闭着双眼，痛哭流涕。后来时间长了，眼珠外头长了一层白膜儿，什么东西也看不清了。

婆婆看到媳妇病成这个样子十分高兴，心里想：老天爷有眼，真是报应，便对媳妇说："孩子，要不要请个医生开点药啊？"媳妇觉得婆婆的话很不是味儿，但害怕两眼会瞎，只好恳求说："妈，就请您发发慈悲，接医生来给我看看吧。"

婆婆请来一位医生，医生开了药方，可是，她并没去抓药，心里咒着媳妇说："平日你对我心似辣椒、嘴如快刀，哼，鬼才给你买药呢！等着吧，给你屎吃。"

婆婆撕了药方，从山坡上捡了点儿兔子屎，从山洞里掏了点儿蝙蝠粪。回到家后，又从蚕铺上弄了些蚕屎。这样，她把三种粪便掺在一起，煎了一点儿，剩下的包成一包儿。"药"煎好了，婆婆端给媳妇，说：

"快喝吧！"

媳妇把药喝完,觉得很不是味儿,就问:

"妈,这是什么药啊,怎么没一点儿药味儿?"

婆婆骗她说:"那里边有味好药,叫'夜明沙',专治眼病。医生说,喝了这药,眼睛不但能好,就是到了黑夜,也能像白天一样看东西。"

媳妇挺奇怪:婆婆怎么突然对自己好起来了? 又问:

"里边还有什么?"

"还有……"婆婆想了会儿,说:"还有一味'望月沙'。连吃几剂,你能看清月亮里的树影和仙女儿。"

媳妇半信半疑地吃了几天药,谁想慢慢睁眼,还真能看见东西了。有一天,婆婆没在屋,她看见柜头有个纸包儿,打开一闻,跟吃的药一个味儿,仔细看看,是蚕屎、兔子屎和蝙蝠粪。媳妇气得直咬牙:"好啊,原来她这老婆子想害我呀! 幸亏老天有眼!"她偷偷把纸包藏起来,想等公公、丈夫回家时,再跟婆婆算账。

说来也巧,媳妇刚好,婆婆又害眼了,比媳妇害得还厉害。媳妇也学婆婆,假惺惺地请来医生,却用纸包里剩的三样粪便当药,煎了端给婆婆。她心里说:"你也有今天哪,这叫一报还一报。"

婆婆天天喝这"药",几天后,双眼消肿了。一天,她发现盛药的碗底上有蚕屎,禁不住动了火,把碗一摔,恶狠狠地骂媳妇:

"好大的胆子,你敢给我喝这个! 幸亏我福大命大,不然还不让你给作践啦! 别忙,等你男人回来有你好看的!"

过了些日子,出门做生意的爷儿两个回家了,婆婆、媳妇争着告状。生意人脑筋快,那爷儿俩听后心里都一动:莫非这三种粪便能清火解毒、治眼病? 不然,哪能婆媳二人的火眼全给治好了呢?

这一年夏秋之间,害火眼的人特别多。父子两个就把三种粪便当药送人,结果还真治好了这些人的眼病。从这以后,婆媳俩也不吵架了，一家四口就用兔屎、蚕屎、蝙蝠屎合起来制成"丸""散"，改行卖开了眼药，并开了家江南最大的"眼药铺"。

智识库

　　蚕沙即蚕屎，甘辛温无毒，微炒用。蚕沙疗风湿之专药，治烂弦风眼。

　　夜明沙即蝙蝠屎，咸平无毒。本经主目瞑痒痛，明目夜视有精光，治面痈肿，皮肤洗洗时痛，腹中血气，破寒热积聚，除惊悸。

　　望月沙即兔屎，又名明月沙，治目中浮翳，痘疮患眼。

铜绿膏

传说以前有个余姚人朱养心,在杭州大井巷开有一个门面很小的药店,专门配制祖传的膏丸,他为人厚道,童叟无欺。

一天,有一个瘸腿的叫花子,右腿烂得淌脓流血,来到朱养心药店门口躺着,嘴里直哼哼。他那烂腿上还有许多苍蝇绕来绕去,既可怜,又恶心。

朱养心听见病人的呻吟声,就来到门口,一看是个烂腿的叫花子,觉得很可怜。于是走进店拿些药水出来,把他的烂腿洗了洗,还拿出一大张膏药贴在烂腿上。这样一来,那个叫花子就不哼了,撑着爬起来,一瘸一拐地走了。

第二天,这个瘸腿叫花子又来了。朱养心看到,又走出店来,代他洗了洗,换了一张膏药。

这样过了有半个月,那瘸腿叫花子的烂腿好多了。这一天,朱养心又去代他换膏药,叫花子就对他说:"朱老板,你知道有这种消肿退炎的法子么?"

只见叫花子从口袋里掏出一枚铜钱。这枚铜钱因为时间久了,上面满是铜绿。叫花子就把铜钱向贴过膏药的烂腿上一放,可真怪,那铜钱就牢牢地贴在烂疮上了,而脓血却从铜钱的方口之中缓缓地流出来。没多久，在铜钱贴着的地方，疮肉竟然止了血、收了口、长了新肉，完完全全好了。朱养心见了万分骇异。那叫花子说道："你这药店老板心肠好，我就把这枚铜钱送给你，算作膏药钱吧。"

叫花子说完，就拄着拐杖，一瘸一瘸地走了，从此以后，再也没有回来。

朱养心想，这真是一枚仙钱啊。难道叫花子是个仙人吗？于是他想试试看，就用这枚铜钱来替病人消肿退炎，真的很灵验。这样一来，到他店里医治疮的病人特别多了。一枚铜钱不够用，朱养心想，既然是仙钱，就用仙钱煮水来制膏药吧，想来也会灵的。一试，果然灵验，他大喜过望。这样，他就能大批生产了。为了纪念这枚发绿的铜钱，他就把这膏药取个名字叫作"铜绿膏"。

事情传开后，就有人说，那瘸腿叫花子是八仙铁拐李，他见朱养心心肠好，才送给他这枚仙钱的呢。因此"铜绿膏"是仙药啊。后来，朱养心把铜绿膏制成大大小小许多种。最小的，贴在病人的太阳穴上，可以消炎退火，专治火眼，一文钱可买两张，很受欢迎。这样一来，使得朱养心药店的生意大大兴旺起来。

直到今天，有许多老人都还记得，朱养心药店的招牌上，就画着一个铁拐李，身背葫芦，拄着拐杖，笑嘻嘻地拿着一枚铜钱。

阿　胶

　　传说唐朝时,山东阿城镇有一对年轻夫妻,当家的叫阿铭,妻子叫阿桥。他家原是穷苦人家,靠阿铭和父亲到外地贩驴发迹,日子过得挺红火。

　　阿铭和阿桥成亲五年后,阿桥有了身孕,不料,阿桥分娩后因气血损耗,身体虚弱,卧病在床,吃了许多补气补血良药,病情都不见好转。阿铭听人说天上的龙肉最好,地上的驴肉最佳,心想,让阿桥吃些驴肉,也许她的身体会好起来的。于是,就叫伙计宰了一头小毛驴,把肉放在锅里煮。谁知煮肉的伙计嘴馋,肉煮熟了,便从锅里捞出来吃。其他伙计闻得肉香,也围拢来,见他在吃,这个也说尝尝,那个也说真香,围住肉锅下了手。他们越吃越不解馋,一锅驴肉不大会儿全进了伙计们的肚里。这下,煮肉的伙计慌了,拿什么给女主人吃呢?无奈,只好把剩下的驴皮切碎放进锅里,倒满水,升起大火煮起来。熬了足有半天的工夫才把驴皮熬化了。伙计把它从锅里舀出来倒进盆里,却是一盆浓浓的驴皮汤。汤冷后竟凝固成黏糊糊的胶块。伙计尝了一块,倒也味美可口,不禁喜出望外。暗想,干脆把这驴皮胶送给女主人吃。她若问起来,就说煮的时间长了,驴肉化在瓦盆里,变成了这样子。伙计想罢,便把驴皮胶端去给了女主人。女主人平时喜吃素食,

101

揭秘一生的中药故事

不曾吃过驴肉，尝了一口，觉得非常可口，竟然不几餐便把一瓦盆驴皮胶全吃光了。几日后奇迹出现了，她食欲大增，气血充沛，脸色红润，有了精神。

说来也巧，第二年，那位伙计的妻子也分娩了。由于伙计家贫，妻子怀胎期间营养不足，生产时几次昏厥，造成分娩后气血大亏，身体虚弱，危在旦夕。伙计急忙请来做郎中的舅舅开了许多补药，吃了也不管用。伙计忽然想起阿桥吃驴皮胶那回事儿来。于是，向阿铭阿桥夫妻要一头毛驴，他把头年煮驴肉熬驴皮的事儿细说了一遍。阿桥见伙计为妻子重病着急的样子，便向丈夫说："咱家有那么多毛驴，不如给他一头试试。"阿铭听阿桥说得有理，便点头应允了。

伙计牵了头毛驴回家宰了，把驴皮熬成胶块给妻子吃。果然不几日，妻子便气血回升，肌肤红润了。自此后，驴皮胶大补，是产妇良药，便在百姓中间传扬开了，阿铭阿桥开始雇伙计收购驴皮熬胶来卖，生意倒也兴隆。有些庄户，见熬驴皮胶有利可图，也相继熬胶出售。可只有阿城当地熬出的胶才有疗效，其他地区制作的不但没有滋补功能，还引起了纠纷。官司打到县里，县太爷带着郎中先生来到阿城勘查，经过实地调查，发现阿城镇水井与其他地方水井不同，比一般水井深，水味香甜，水的重量也沉重许多。县太爷十分惊喜，确定驴胶补气补血，除驴皮之外，还在于此地得天独厚的井水。于是下令：只准阿城镇百姓熬胶，其他各地一律取缔。后来，县令还将驴皮胶进贡唐王李世民。李世民赏赐给年迈体弱大臣，吃后都说此胶是上等补品。李世民大喜，差大将尉迟恭巡视阿城镇。尉迟恭来到阿城，赏给阿铭阿桥金锅银铲，召集匠人将阿城井修整一新，并在井上盖了一座石亭，亭里竖立了石碑。至今，亭中石碑上的碑文"唐朝钦差大臣尉迟恭至此重修阿井"的字样，仍依稀可见。

人们为了纪念阿铭阿桥,便把这驴皮胶称作"阿胶"。

智识库

　　阿胶是古今常用的名贵滋补剂,与人参、鹿茸并称中药"三宝"。阿胶为补血之佳品,尤为适宜出血而兼见阴虚、血虚证者。习惯以山东省东阿县东阿井中的水熬成的驴皮胶的质量最佳。能补血,止血,滋阴润肠。用于血虚萎黄,眩晕,心悸;多种出血证;阴虚证及燥证。

103

揭秘一生的中药故事

乌凤蛇

从前有一个酒厂里烧锅的小伙子,天长日久,受了湿气。一开始,他头上生癣,后来全身长癞,再后来四肢的骨节酸疼、行动艰难,眼看就要全身瘫痪了。

酒厂主人觉得小伙子快残废了,就随便给了他几个钱,打发出门。

小伙子十分伤心,他一没父母,二没妻子,离开酒厂投靠谁去呢?他想来想去,与其将来冻死饿死,还不如现在挑个好办法寻死呢。在酒厂里寻死倒也方便,一是可以喝酒醉死,二是可以投进酒缸淹死。

天黑以后,小伙子来到后院,打开一缸陈酒,双手捧起来就喝。他不知喝了多少,直到肚皮发胀,才躺倒在地上等死。可是,天快亮时,小伙子又醒过来了。他一看没死成,怕天亮后主人赶他,心里一急,索性跳进了酒缸。这时,正巧有人走进后院,猛听"通"的一声,就一面高喊着"快救人",一面跑过来拉他。小伙子生怕再死不成,任凭那人怎么拉他,他也不上来。直到又跑来许多人,才七手八脚地把他生生拉出大酒缸。

酒厂主人生气地说:

"要死你外边找地方去,别在我这里糟蹋酒!"说着就把小伙子赶出了酒厂。

小伙子被赶出门,只好沿街乞讨。他想,死不成就混日子吧,活一天算一天。这时,他浑身发痒,皮肤慢慢裂开,又慢慢脱掉。几个月后,他像蜕壳的蝉一样,换了一层新皮;同时,他感到身上的关节也不疼了,像好人一样地灵活。小伙子喜出望外。他把讨饭的破碗摔碎,把讨饭的篮子踩扁,又回酒厂来了。

伙伴们儿猛地一惊:哪儿来个漂亮小伙子啊?仔细一看,才认出是他。大家都感到非常奇怪。

酒厂主人见了小伙子,也不禁一惊,忙问:

"你的病,怎么好啦?"

"还不是因为喝了你家的酒,又在酒缸里打了个滚儿吗?"

"酒能治病?莫非酒缸里有什么东西?"主人想到这里,急忙跑到后院找到那缸酒,一打捞,竟捞出一条淹死很久的乌风蛇。主人如获至宝,就把这缸酒封存起来,当作专治风湿和疥癣的药酒了。

后来,人们渐渐传开:乌风蛇泡酒,有活血、祛毒等疗效。从此,人们便都用乌风蛇泡酒制药了。

105

智识库

乌风蛇为游蛇科动物乌梢蛇。又名乌蛇、黑花蛇、乌风蛇、剑脊蛇、三棱子。是体形较大的无毒蛇,体全长可达2.5m以上。身体背部褐色或棕褐色,背部正中有一条黄色的纵纹,体侧各有两条黑色纵纹,至体后部消失。栖息于海拔1600m以下的中低山地带,常在农田、河沟附近,有时也在村落中发现。行动迅速,反应敏捷。性温顺,不咬人。以蛙类、蜥蜴、鱼类、鼠类等为食。7~8月间产卵,每次产7~14枚。我国分布较广;在云南仅在滇东北和滇东地区有分布。目前野外生存数量大减,应予保护。有祛风除湿,通经络,定惊,解毒之功用。主治风湿顽痹,肌肤麻木不仁;皮肤生癞,眉发脱落;疮疹疥癣;破伤风。

海 马

传说，早先的海马跟陆地上的马模样差不多，长着四条腿，能在水底下飞快地奔跑。后来怎么变成现在这个样子的呢？这还有一段有趣的故事呢。

话说从前有一个叫海生的打鱼人，双亲已经亡故，他和一个渔家女成了亲。夫妻俩虽然贫穷，但是，一个打鱼，一个织网，勤勤恳恳，相敬相亲，日子过得倒也满顺心的。

有一天，海生驾着小船出海打鱼。大清早，太阳刚刚升起，四周的海水被霞光染得红彤彤的，像千条金龙在飞腾。看天气这样好，海生就把船划远了一点，好多打些大鱼。他使劲地摇桨，小船顺风顺流，飞快向前驶去。

忽然海生看到海面上水波翻滚，一条凶狠的鳗鱼正在追着一尾漂亮的大红虾。大红虾一扑一跳地拼命地向前逃，但是它身体相对于那条鳗鱼来说又小又弱，渐渐逃不动了。它看到海生的船，急忙竖起两条长须，连连摆动，好像在向海生求救。眼看凶鳗的尖嘴就要咬着大红虾的尾巴了！海生不忍眼睁睁地看着大红虾遭难，就拿起船桨，使出全身气力，朝鳗鱼劈头砸去。只听"呼"的一声响，正击中鳗鱼脑门。真是又准又狠，鳗鱼一声没吭昏死过去了。海生又把吓昏了的大红虾捧上船。

一会儿，大红虾逐渐苏醒了过来。它摇着长长的须子，还在不停地流泪呢！

海生看它可怜的模样，又怜惜又奇怪。他对大红虾说："红虾，红虾，你如果有人一样的心肠、人一样的情意，就对我海生讲一讲你的遭遇吧。"

大红虾果然开口说："海生哥，谢谢您救了我。"接着，它细声细气地讲了自己的身世和遇难经过。原来这大红虾是东海龙王的小公主，昨天晚上龙王举办家宴，她一时高兴，多饮了几杯琼浆，趁着酒兴独自步出水晶宫外游玩。一路上只顾赏月观景，没料想走得太远，迷了路，直到清晨才辨出路径想返回龙宫，却碰上了凶残的鳗鱼精。鳗鱼精几次向红虾公主求婚，都遭拒绝，于是怀恨在心。这一回冤家遇到对头了，它想背着龙王害死公主。正在万分危急的关头，幸亏海生把她救了。

公主说："海生哥，您是我的救命恩人，我要重重酬谢您啊！您说，需要什么，我到龙宫里取来送您。"

海生连连摇头说不要。红虾公主把龙宫里的奇珍异宝全点了个遍，问一样，海生摇一次头。公主看他这样，只得说："恩人哪，您实在不要珍宝，我也不敢勉强。以后您如遇到什么急事，可在这个地方喊我三声，我一定尽力相帮。"

听到这里，海生才点点头，答应了。他用双手把红虾放回大海。红虾挥了挥长须，恋恋不舍地向海生告别。

海生回到家，把白天遇到的事讲给妻子听，妻子也觉得新奇。

第二年开春，海生妻子要分娩了。因为她平日劳累过度，临盆时难产了。海生急得四处请接生婆，都没见效。眼看着妻子躺在床上一阵昏一阵醒，牙关紧咬，冷汗直冒的苦痛样子，海生心痛如刀绞，不敢离妻子半步。

揭秘一生的中药故事

第三天,海生的妻子痛醒过来,见海生坐在床边发愁,想宽慰他几句,就说:"海生呀,难得有闲空坐在一起,你把海上的什么稀奇事讲几件给我听听好吗?"

听妻子说要他讲海上的稀奇事,倒使海生记起大红虾的话来。妻子难产这么危急,何不去求求红虾公主呢?他把妻子安顿好,急忙划起小船,驶到救过大红虾的地方,连喊了三声"红虾公主",并急切地说:"我妻子难产了,快帮个忙吧!"

红虾公主一听,晓得事情紧急,赶忙向龙王索讨龙宫里最见效的催胎药。她担心自己行走不快,耽误了救命的大事,令龙宫里一个得力的巡海夜叉,骑上海马,火速为海生送药。临行时,红虾公主再三交代夜叉说:"这是答谢恩人的大事,办成了,有重赏;如有差错,绝不轻饶!"

巡海夜叉得了这道死命令,不敢怠慢,把宝药袋挂在马脖颈上,连打三鞭,心急火燎地催海马上路了。

海马驮着夜叉,分开一条水路,越涛穿浪,跑得嘴喷白沫,满身是汗。可是才行到一半路,海马忽然跑慢了。原来,红虾公主只顾事情紧迫,匆忙催它们上路,却忘了给海马喂料。猛跑了一阵,海马又饥又渴,肚子"咕咕"叫,四腿直发软。它多想歇口气、吃点料再跑,可是背上的夜叉鞭子抽个不停,不让海马有半点歇息的时间,它只得硬忍着。

海马肚子饿得瘪瘪的了,它张着嘴巴四处伸。忽然,它闻到一阵奇异的香味,原来是脖颈上宝药袋里发出的香气。海马越闻越觉得肚皮饿,它想:"饿罪没死罪重,吃饱才能给公主办事!"它也就顾不得什么了,转过头一张嘴,趁夜叉没留意,连袋带药地统统地吞到肚里去了。别看药不多,还真顶用呢。海马顿时觉得全身有劲。它撒开四蹄,像插上翅膀一样,不一会就到了海生家门前。

巡海夜叉勒住马,对着大门高叫:"海生,海生,我家公主给你的宝药送来了!"

海生正守着妻子发急,听到喊叫声,连忙出屋迎接,巡海夜叉下马来,伸手拿宝药,可是放宝药的袋子不见了。它急得连喊:"糟了!糟了!"马前马后仔仔细细地找寻起来。

巡海夜叉找呀寻呀,忽然闻到海马嘴里喷散出一阵阵香气,心里明白了:一定是被这馋嘴的偷吃了!它火冒三丈,怒喝了一声:"呔,好大胆的家伙,竟敢偷吃公主谢恩的宝药,看你在龙王面前怎么交代!"

海马这才晓得自己闯下大祸了,转身就逃。夜叉哪肯放过,连忙紧追不舍。海马逃呀跑呀,前面有一堵礁岩挡住了去路,它急了,看到礁岩上有道裂缝,也不管钻得钻不得,一头猛挤了进去,身子进了缝,尾巴却还露在外边。恰好夜叉赶到,抓住马尾巴就向外拉。海马死命往里钻,夜叉用力向外扯,相持了一阵,海生赶到了。

海生请巡海夜叉放手,说:"公主的情意,我领了。海马吃药,本属无意,现在就是把它逼死,也追不回宝药,还是饶了它吧!我妻子的事,再另设法子。"

海马听了这话,又羞愧又感激,在岩礁缝里应道:"是我的不是,是我的不是!我愿受惩处!"边说边退了出来。它一退出岩缝,却把夜叉看呆了:海马被岩礁一卡,原来滚圆滚圆的身子被挤得扁蹋蹋的,四条腿跟身子搭在一道了,肚腹上却胀膢膢的——那就是被吞吃的宝药袋,还发出一阵阵清香的药味呢。

海生和夜叉带着海马回来,一进小屋,顿时清香四溢。海生妻子正昏迷不醒,这香味冲得她醒了过来,立时感到身子一阵轻松,只听得"哇"一声哭,她女儿生下来啦!

这下，海生心中的千斤重石总算落地了。他晓得妻子能平安生下孩子，是海马身上的异香的缘故。海马吃了宝药，连自身都变成宝，能解产妇难产之症，是味好药材呀。

分手时，海生对夜叉说："请告知公主，谢谢她救了我一家。我海生没别的请求，只求把海马留在浅海近处，让它多生多长，以便随时解救产妇，为渔家造福！"

夜叉满口答应。回海后把这话回禀给红虾公主，公主又向龙王求情。龙王晓得是女儿救命恩人的请求，也就答允了。从那时起，海马才在浅海一带繁衍起来，成了渔乡珍贵的药材。每逢渔妇难产，煎两条海马服下，婴儿就能顺顺当当地生下来了。

海马用得多了，人们又进一步晓得：它除了催胎外，还有补肾、强心、止痛、健身等多种功效，是一味不可多得的好药。

智识库

海马因其头部酷似马头而得名，但有趣的是它却是一种奇特而珍贵的近陆浅海小型鱼类。海龙目海龙科海马属，头侧扁，头每侧有 2 个鼻孔，头与躯干成直角形，胸腹部凸出，由 10～12 个骨头环组成，尾部细长，具四棱，常呈卷曲状，全身完全由膜骨片包裹，有一无刺的背鳍，无腹鳍和尾鳍。雄性海马腹面有一个育儿囊，卵产于其内进行孵化，一年可繁殖 2～3 代。

海马是一种经济价值较高的名贵中药，具有强身健体、补肾壮阳、舒筋活络、消炎止痛、镇静安神、止咳平喘等药用功能，特别是对于治疗神经系统的疾病更为有效。